新 潮 文 庫

ぬるい眠り

江國香織著

新 潮 社 版

8141

目次

ぬるい眠り

ラブ・ミー・テンダー

私が驚いたのは、両親が離婚するかもしれないということではない。彼らの離婚騒ぎなど、もう百遍目くらいだ。そんなことではなく、母が私に言ったこと、母の病気がそこまできてしまったということに、私は驚いたのだ。

電話で、母はとてもはしゃいでいた。

「離婚ってことになっても、慰謝料なんていらないよ。お前も知ってるように、私はいい妻じゃなかったしね」

ばかばかしい、と私は言った。

「慰謝料もなしでどうやってやっていくのよ」

だいたい、七十になる老夫婦が離婚だなんてみっともない。くくく、というふうに母は笑った。

「彼とやっていくよ」

「……彼？」

「このごろ、毎晩電話をくれるんだ。よっぽど私に御執心らしいよ」

そう言うと、母はもう一度、くくく、と笑った。

「お母さん？　ちょっと、大丈夫？」

「大丈夫にきまってるさ」

乾いた声で、母は言った。

コーヒーをいれながら夫に話すと、夫は新聞を広げたまま、

「彼って、エルちゃんか」

と訊《き》いた。私がうなずくと夫は苦笑いをし、それから真面目《まじめ》な顔になって、

「医者にみせたほうがいいかもしれんな」

と言った。

夫を会社に、息子を高校にそれぞれ送り出し、後片付けをすませて二階に上がると、
私は本箱から『家庭の医学』を抜き出した。

老人性痴呆《ちほう》症――脳の老年性変化により、老人に発生する一種の精神病。記憶力が

減退し、性格も変化する。

そこまで読んで本を閉じ、私は暗澹《あんたん》とした気持ちになった。

母は、エルヴィス・プレスリーを熱愛している。ファンとか、グルーピーとか、そんななまやさしいものではない。プレスリーは彼女の人生そのものなのだ。母の部屋の壁はプレスリーのレコードジャケットで埋めつくされ、押し入れは雑誌の切り抜きだのプレスリーグッズだので占領されている。もちろん、プレイヤーからは昼夜を問わず、あの甘ったるい声が流れている。もう何十年もずっと、である。大学デビューという言葉があるが、母の場合、もっと始末が悪い。母のエルヴィスデビューは、三十を過ぎてからなのだ。たいていの病気がそうであるように、こういうことは遅ければ遅いだけ重症になる。

気の毒なのは父である。割烹着《かっぽうぎ》の似合う、しとやかな良妻賢母だと思っていた自分の妻が、ある日突然豹変《ひょうへん》したのだ。髪を切り、パーマをあて、フレアースカートをはいてダンスホールに通う母を見て、父はさぞプレスリーを恨んだことと思う。

エルちゃん（私たちは彼をこう呼ぶ）が死んだときのことを、私は一生忘れないと思う。

一九七七年八月、私たち家族にとって、あれは恐怖の日々だった。母はひたすら泣き、私たちは刃物という刃物、紐という紐をことごとく隠した。母が一体どうなってしまうのか、誰もが本気で心配したが、一カ月泣き暮らした母は、そのあといきなりアメリカに行ってしまった。お墓参り、と称して——。母にとって初めての一人旅であり、初めての飛行機だった。

そんなふうだったから、父と母にはうんざりするくらい「離婚の危機」があった(というよりも、離婚の危機が、彼らの夫婦としての歴史そのものだった、というほうが正確である)。しかし、別れる別れると大騒ぎをしながら結局離婚はしないので、初めのうち気を揉《も》んでいた親類縁者も、そのうちさっぱり動じなくなった。私も、いつのまにか、父と母はあれで上手《うま》くいっているのだと思うようになった。

ここ数年で、母のエルヴィス病はずいぶん悪化した。「エルヴィスが夢枕《ゆめまくら》に立った」に始まって、「障子にエルヴィスの影が映った」とか、「眠っているとエルヴィスが髪を撫《な》でてくれる」とか、とほうもないことを真顔で言った。

それにしても、昨夜の母はひどすぎる。私は口紅をぬりながら思った。彼が電話をよこす、だなんて。「夢枕」でも「影」でも「眠っていると」でもなく、現実に電話をよこすだなんて。私はドッグフードの缶を開けて器にうつしてやってから、戸締まりをして車に乗った。エンジンをかけ、シートベルトを締めて日除《ひよ》けを下ろし、鏡を見て髪をなおす。ブレーキをはずしてアクセルを踏み、ラジオのスイッチを入れる。世田谷にある実家までは、車で四十分ほどの距離である。

「何が、慰謝料はいらない、よ」

声に出して言い、私はさらにアクセルを踏み込んだ。小春日和《こはるびより》の、きれいな朝だった。

母は、いつものとおりあっけらかんとしていた。お茶をいれながら、

「わざわざ来なくたってよかったのに。まだ離婚が決まったわけじゃなし」

と言い、その口調はしっかりしていて、とても老人性痴呆症患者とは思えない。

「甘納豆、好きだろ。たくさんいただいたから持ってってもいいよ」

私はイライラした。

「レコード、とめるわよ。話があるんだから」

思わず尖《とが》った声を出してプレイヤーをとめると、季節はずれのブルーハワイがぷつんととぎれた。

「何だよ、せっかく聴いてたのに」

不満気に言い、母はぐぶっと音をたててお茶を呑《の》んだ。

「お母さん、彼からの電話ってどういうこと」

待ってましたとでもいうように、母はにやっと笑った。

「どうって、そういうことさ」

「本気で言ってるわけじゃないんでしょう?」

母は、ふふん、と笑った。

「いい? プレスリーはとっくに死んだのよ」

私が言うと、母はあらぬ方を向いて聞こえない振りをする。

「お母さんっ」

母は首をすくめた。

「おっかないねぇ。電話がかかって来るんだからしょうがないだろ」

「天国から?」

「さぁね」

そっぽを向いて、母は甘納豆をほおばった。

母の話によれば、電話は毎晩十二時ぴったりにかかって来るそうだ。母が出ると、エルちゃんはまず、愛の言葉を囁《ささや》くという。

「日本語で?」

母はうなずく。

「勉強したんだろ。あたしのために」

私は唖然《あぜん》としてしまう。それだけではない。愛の言葉を囁いたあと、エルちゃんは決まって歌を歌うそうである。

「日本語で？」

「英語だよ。ラブ・ミー・テンダー」

母はうっとりと、かの名曲を口ずさんだ。

Love me tender, Love me true ——

「いつもその曲？」

「そうだよ。たまには他の曲も聴きたいけど、ま、十八番《おはこ》だから仕方ないんだろ」

一体どういう理屈だろう。

「いたずら電話じゃないの？」

母は私を睨《にら》みつけた。

「ちがうよ」

断固とした口調で言い、小さな声で、お前にはわかんないよ、と付け足した。

「受話器から伝わるんだよ」

母は力説する。

「受話器からあたしの手や耳に、彼の愛がさ」

私はため息をついた。

「お父さんは？」

母は、にわかに鼻白んだ声になり、パチンコだろ、と言った。

父が帰るのを待って、私たちは久しぶりに三人で昼ご飯を食べた。

「まぁ、ゆっくりしていけ」

父は悠長に言う。

「そうもいかないわよ。遊びに来たわけじゃないのよ」

「そう、いきりたたんでもいい」

茗荷《みょうが》の入ったおつゆを啜《すす》って、父が言った。

「今に始まったことじゃない」

母がレコードを裏返しに行った隙《すき》に、私は小声で、

「お医者さんに相談してみましょう」

と言ってみたが、父は弱々しく笑い、

「いいじゃないか、電話の一人遊びくらい」

と言って首を振った。プレイヤーからGIブルースが流れ出す。

まったく――。私はご飯を口に押し込み、父のおうような横顔を腹立たしい気持ちで眺めた。父はちっとも現実を把握していない。いつだってそうだ。だいたい父が甘やかすからいけないのだ。

「きょう、十二時まで待ってたら？」

いきなり、母が言った。

「そうしたら彼の声を聞かせてあげるよ」

自信たっぷりの言い方だった。これで電話がかかって来なければ、母も目が覚めるかもしれないと思った。電話の一人遊びなんて不健全だ。ともかく母を現実に引き戻すべきなのだ。

「そうね。そうしようかな」

私は言い、夫の会社に電話をかけて遅くなることを伝えた。

長い一日だった。十二時は、永遠にやって来ないような気がした。父と母と私と、することも話すこともないまま、ただ坐《すわ》って雑誌をめくり、みかんを食べ甘納豆を食べ、連綿と続くBGMを聞いていた。結婚前はいつもこのBGMの中にいた。遠い日々、エルちゃんの鼻声、母のハミング。

夕食のあと、テレビを見て、それぞれお風呂《ふろ》に入り、私たちはその時を待った。かかって来るはずはない、と思いながら、私はすごく緊張し、物音がするとぎょっとした。幽霊などいやしない、と思ってもなお夜中にトイレに行くのが怖かった、あの気持ちに似ていると思った。

もちろん電話はかかって来なかった。私たちは十二時半まで待ち、最初に匙《さじ》を投げたのは父だった。

「くだらん。俺はもう寝るぞ」

くたびれたパジャマを引きずるようにして、父は階段を昇って行った。

「わかったでしょ。電話なんてお母さんの幻想よ」

私は言ったが、母は落ち着いたものだった。

「今日は都合が悪かったんだろ」

そう言って、さも楽しそうににやにや笑う。

「それよりお前、もう帰らないとご主人に悪いよ」

私は、一万回くらい溜《た》め息《いき》をつきたい気分だった。

「言われなくても帰るわよ」

じゃあ、おみやげ、と言って、お茶だのかつおぶしだの甘納豆だの、母は山のように紙袋につめた。

「またおいで」

私は、これ以上母と議論する気力などあるはずもなく、重い紙袋を抱えてよろよろと車に乗った。ベージュのシートにもたれて目をつぶり、小さく息をはく。エンジンをかけて、暖房とラジオのスイッチを入れた。

大通りに出たところで、私は思わず車を停めた。ぽっかりと明るい電話ボックスで、父が電話をしているのだ。パジャマにジャンパーを引っかけた姿で、大きなラジカセを抱えて――。

私はしばらく口を開けて見とれてしまった。

「呆《あき》れた」

ハンドルを握る指先から力が抜けていく。

「冗談でしょ」

父は毎晩ああやって、電話ボックスからラブ・ミー・テンダーを流しているのだろうか。私は、ばかばかしいような腹立たしいような気持ちになった。何がエルちゃんの愛だ。

私はアクセルを踏み、のろのろと電話ボックスを追い越した。バックミラーの中に、貧相なプレスリーが小さくなっていく。

「何なのよ、一体」

私は言い、ふいに涙ぐみそうになった。

早く帰ろう、と思った。早く帰ってコーヒーでも飲もう。そして、老夫婦の二人遊びのことを、早く夫に報告しよう。夫は何て言うだろう。私はくすくす笑いながら、深夜の甲州街道を走った。夫と息子と愛犬の待つ我が家に向かって。

ぬるい眠り

I

ソファーにねそべってかりんとうを食べながら、私は耕介さんのことを考えていた。耕介さんの指や、髪や、歩き方なんかのことを。

かりんとうはじゃこじゃこと小気味いい音をたてて口の中で砕け、私は袋の半分を空にしたところでソファーからおりた。袋を輪ゴムでしばり、冷蔵庫から牛乳をだして飲む。これだから夏はいやだ。

夏は、どうでもいいことばかり思い出すのだ。たよりなくて、センチメンタルで、そうしてばかばかしい。

プルキニエ現象がおこると、私はきまって不思議な気持ちになる。なつかしい、と、もどかしい、のあいだの気持ち。何かとても遠い昔のことを、思い出しそうで思い出せない感じ。

両親が派手な夫婦喧嘩《げんか》をしたことがある。私はまだ小学校にあがる前で、玄関で、泣いて母の腰にしがみついたが、父は私をひきはがし、母はよそ行きの靴をはいて出て行ってしまった。私は二階にかけあがり、積んであったふとんの山につっぷして泣いた。内臓を吐きだすくらい、ごぉごぉ泣いた。いいかげん泣いて、声もすっかり嗄《か》れ、疲れきって重たい頭をあげると、部屋はうす暗くしずまりかえっていた。私はぽつんとたたみに足をなげだしてすわり、はれぼったい目で窓の外をみた。町が全部、みわたすかぎり青い。その空気、その気配。びっくりして、私はこわごわ手をだしてみた。空気に触れると、指先まで青くそまりそうだ。たよりない、もどかしい気持ちで、私はいつまでも手を窓の外にだしていた。

こういう青い夕方を、プルキニエ現象とよぶそうである。視界がかすむので要注意だと、自動車教習所で教わった。

妙な話だが、私は母が電車にのるところをみた。あさぎ色のスーツを着た母は、駅で公衆電話を一本かけ、冷凍みかんを買って、東京行きの快速に乗った。となりには、でっぷり太ったおばあさんがすわった。私の記憶はなぜか視点が上にあり、空中をふわふわ飛びながら、でていく電車を見送ったことになっている。しかしその記憶はとても鮮明で、うつむいた母のかなしい横顔を、私はくっきり覚えている。

その後両親はすぐに仲なおりをしたが、あのとき私が一時間も放心していたので、父は心配して医者をよんでしまったと、あとからきいた。

そんな記憶のせいか、プルキニエ現象はいつも少し哀《かな》しい。

耕介さんと別れて、一ヵ月になる。耕介さんは詩人で、詩集を二冊だしているけれど、ちっとも売れない。それどころか、私は本屋で、耕介さんの本をみたことがない。

「本って、一度にどのくらい刷るの」

いつか私がきくと、耕介さんは、

「初版千」

とこたえて、ジヒ、とつけたした。千冊の耕介さんの詩集が一体どこにどう散らばっていったのか、私は本気で不思議である。

耕介さんとは、半年間一緒に暮らした。耕介さんは私が好きだったし、私は耕介さんが好きだった。それは、すごく純愛だったと思う。会ってすぐ、ほとんど直感的に、私たちはお互いを理解し、恋をした。

「野生のシカのカップリングみたいだったな、あれは実際」

ずいぶんたってから、耕介さんはそう言った。

私たちはよく、「もめんや」という飲み屋でデートをした。「もめんや」は渋谷の裏通りにある、安くて料理のおいしい、小さな店だった。私たちはそこで、つめたい日本酒を少しずつ舐《な》めては語りあった。何時間でも、そうしていられた。耕介さんが、子供のころお鮨屋《すしや》さんになりたかったということも、中学生のときにバスケットをしていて鼻の骨にヒビが入ったということも、私はこの店で知った。耕介さんは普段無口だったけれど、お酒をのむと少し饒舌《じょうぜつ》になり、私は、宮澤《みやざわ》賢治やミルトンについて、白秋やプレヴェールについて、くわしくなった。耕介さんは、離婚訴訟をめぐる子供の立場と現状について(これは私の卒論のテーマであるが)、だいぶくわしくなったと思う。

耕介さんが奥さんの話をしなかったのは、奥さんがいることをかくそうとしたからではない。私たちの恋にとって奥さんがいるかいないかなんて、どうでもいいことだったのだ。これはひどく傲慢《ごうまん》なように、あるいはひどくいいかげんなように、きこえるかもしれない。しかし世の中には、そういう風にしか恋のできない人間というのがたしかにいるのだ。

はじめて耕介さんのマンションに遊びに行ったとき、さっぱりと殺風景なほどに整ったその部屋は、どこからどう見ても家庭の匂《にお》いなどしなかったので、耕介さんが、

「女房は今、いないんだ」

と言ったとき、私は少しびっくりした。

「そう。どこにいらしてるの」

「長野。実家に帰ってるんだ」

そう、と私はもう一度言い、その話は、それでおしまいになった。

きみはクラッチのつなぎが下手だねえ。助手席で、教官が言った。もっとなめらかにできないのかなぁ。ほんとは手できみの腿《もも》をおさえて、クラッチの加減を感覚的に教えてやりたいんだけどさ、そんなことすると、バチーン、なんて平手打ちされちゃうからね。ときどきいるんだよなぁ、変な誤解をする人がさ。こっちは親切でやってるっていうのにね。ははははは、とうつろな声で教官は笑った。すごくよくしゃべる人だ。

信号が赤にかわる。クラッチとブレーキとを踏んで、ギアをローにおとす。お、今のブレーキはよかったな。まずエンジンブレーキを使って、それからフットブレーキをゆっくり二回。すーっとしずかに止まる感じね。うん、きみはブレーキだけ上手《うま》いな。

私はあいまいにほほえんであいづちを打つ。こんなに冷房がきいているのに、教官は額に汗をかいていて、くしゃくしゃのハンカチでさっきからしきりに顔をふいている。

あなたと別れたら運転免許をとろうと思うの、と言ったとき、よしなさい、と耕介さんは言った。初夏で、私はベッドの上にぺたんとすわって、耕介さんのたてた抹茶をのんでいた。窓から午後の風がさらさらと入り、耕介さんはベッドの中で本を読んでいた(私たちは一日の大半を、そんな風にベッドの上ですごした)。

「トレイシー・チャプマンのファスト・カーっていう曲、知ってる」

私がきくと、耕介さんは本から顔をあげずに、知らない、とこたえた。私は、茶碗《ちゃわん》を床においてシーツにもぐりこみ、耕介さんの唇をふさぐと、さみどりに泡立った液体をすべりこませた。

ほら、方向指示機をだして。左折でしょ、左折。いらだった声に促されて、私は交差点を左折した。左側に、教習所の建物がぬっと現れる。ま、いちおハンコはあげますけどね。車をとめると、汗をふきふき教官が言った。

「クラッチのつなぎ、気をつけてね」

「はい」

「あとはだいたいいいけどね、要は慣れだから」

「はい」

ありがとうございました、と言って私は車をおりた。真夏の日ざしが頭のてっぺんにふりそそぐ。

私はロビーの自動販売機でアイスコーヒーを買い、ソファーに腰かけて飲んだ。つめたくて、のどが気持ちいい。夏休みの自動車教習所は学生でごったがえしている。すみに据えられたテレビの高校野球が、まわりに人だかりをつくっていた。コンピューターで次回の予約を入れていると、誰かが私の肩をつついた。トオルくんだった。この子はおそろしく背が高い。日に焼けた肌に、オレンジのポロシャツがよく似合っている。

「こんにちは」

と、トオルくんは言った。

「そうじゃないかなぁ、とは思ったんだけれど、人ちがいだったら困るなぁ、とも思って。よかった、あたりで」

にこっと笑ったトオルくんの顔をみて、この子はきっと女の子にもてるだろうな、と思った。


梅雨のさなか、雨の朝電話が鳴って、耕介さんがでた。私はシーツにくるまってうとうとしながら、意識の遠くで、耕介さんが、じゃあ待ってるから、と言って電話をきるのをきいた。もどってきた耕介さんの足がつめたかったので、私は寝返りをうち、耕介さんが煙草《たばこ》に火をつけて、

「来週、女房が帰ってくるって」

と言うのをきいた。

私は黙っていた。雨の音にまじって、ききき、と自転車のとまる音がしたので、私はからだにシーツをまきつけたまま窓へ走った。いつも集金に来る新聞屋の男の子が、ビニールのかぶさったカゴから新聞の束をひきぬいているのがみえる。私は窓をあけ

た。

「新聞屋さぁん」

男の子は顔をあげ、雨に目をほそめながら私をみた。

「なんですかぁ」

「ちょっと上がってきてちょうだい。用事があるの。すぐすむわ。二階のはじっこ、二〇七号よ」

私はそうどなると窓をしめ、顔にはりついた髪をかきあげた。耕介さんは、やれやれ、という顔で煙草をけす。

新聞屋さんはすぐにやってきた。チャイムがなり、ドアをあけると、黒い雨ガッパから水をしたたらせて立っていた。

「入ってドアをしめてちょうだい」

その子は、素直にいわれたとおりにする。

「ねえ、でて行かないでくれって言って」

私は寝室に向かってどなった。

「新聞屋さんに？　それともきみに？」

耕介さんが、肩からシーツをすっぽりかぶって現れた。その姿は、何だか滑稽《こっけい》だった。


「もちろん私によ」

私は言った。

「ね、男の人はふつう、腰から下にだけまくんじゃないの。それじゃあてるてる坊主《ぼうず》みたいよ」

耕介さんは少しも頓着《とんちゃく》していない風で、そうかな、とだけ言った。

「でて行かないでくれって言って」

もう一度くりかえしたけれど、耕介さんはもそっとそこに立ったまま、困ったように私をじっとみるだけだった。

私ははだしのまままたたきにおりると、新聞屋さんに、痛いほどきついキスをした。彼のほっぺたは雨にぬれてつめたくなっていたけれど、くちびるは乾いていた。

「今のはパーティの招待状よ。今夜、そうねぇ、七時がいいかしら。ガールフレンドでもつれていらっしゃい」

つっ立っている新聞屋さんをみて、もう少しどぎまぎしてくれた方が愛敬《あいきょう》があるのに、と私は思った。

「かならず来てちょうだいね」

私はにっこり微笑《ほほえ》んで言った。

「用事って、それだけですか」

新聞屋さんはぼそっと言うと、廊下に立たされている不良中学生、という感じのまっすぐな目で、てるてる坊主みたいな男と女をみつめた。トオルくん、というのが彼の名前だった。

その晩のパーティに、トオルくんはガールフレンドではなく、弟をつれてやってきた。弟の名は冬彦くんといい、私たちはみんなでデリバリーピザを食べ、スパークリングシードルを飲んで、カラオケセットもないのに「港町ブルース」や「舟唄」を熱唱した。

耕介さんは、冬彦くんをとても気に入ったようだった。それは、高校二年生で十六歳の冬彦くんが、野球部員だったからだ。耕介さんも昔、野球少年だったらしい。私は野球に興味はないけれど、冬彦くんの、短く刈られた頭はいいと思う。さわやかな感じがする。

「俺たち、似てないでしょ」

唐突にトオルくんが言い、私は、そうね、とこたえた。

「全然似てない」

からかうような表情ではあったけれど、すごく誠実そうな目つきでトオルくんがきいたので、私は何だか茶化せなくなってしまった。

「どっちが好き」

「きょうは来てくれてありがとう」

私は素直な気持ちになって言った。この男の子たちが、今夜のことを、ずっと覚えていてくれるといいなと思った。私には彼らが、私と耕介さんの半年間の共同生活の、無邪気な証人のように思えたのだ。

にぎやかな夜だった。みんな少しだけ酔って、気分がよかった。耕介さんと冬彦くんは野球の話ばかりしていた。私は、冬彦くんみたいに丸刈りにした、十六歳の耕介さんを想像してみた。少しお腹《なか》のでてきた耕介さんは、もう三十二歳になっていたのだけれど。


今、何段階なの、とトオルくんがきいた。教習所の横のハンバーガー屋のテラス席で、トオルくんはテリヤキバーガーにかみついている。

「四段階」

私は、トオルくんの、少年らしい食欲にみとれながらこたえた（彼のトレイには、まだカツレツバーガーがのっかっていた)。

「じゃあ、もう一般道路を走ってるんだ」

「ええ」

私はトオルくんに紙ナプキンをわたし、トオルくんはそれで唇についたマヨネーズをふきとった。

「トオルくんはバイク?」

「ううん、四輪。二輪の免許はもう持ってるんだ」

「十七歳だって言ってなかった?」

「教習所って、十八の誕生日の一ヵ月前から始められるんだよ」

そう言って、彼は自分の教習簿をみせてくれた。教習簿というのは一時間ごとに判こをおしてもらう白い紙で、出欠表のようなものなのだが、彼のそれは緑色だった。十七歳の奴《やつ》だけ緑色なのだ、と彼は言った。

「まだ新聞配達やってるの」

教習簿を返して私はきいた。

「親父《おやじ》が車を買ってくれることになってるんだけどさ、頭金のぶんくらいは自分で、と思ってるんだ。新聞屋のほかにも、バイトはしてるんだよ」

テリヤキバーガーを食べおえたトオルくんは、コーラを一口飲むと、おもむろにカツレツバーガーにとりかかった。

私がそこに住んでいたのはたった半年だったのに、荷物は思いのほかたくさんあった。タオルにせよパジャマにせよ、私は人に借りるのが嫌いだったし、紅茶だとかキャンディだとか、そういうどうでもいいものまで、私はカバンにつめたので。耕介さんが、ハーブティだのジェリービーンズだの買うはずがなかったから、そんなもの、残しておいてはいけなかった。私の存在は、その家から完全に消してしまわなければならなかったのだ。

トオルくんが新聞配達をはじめたのは、私たちが一緒に暮らしはじめてからだった。彼は来月集金に来て、耕介さんの奥さんが三千百円払うのをみて、一体どんな風に思うんだろう。荷づくりをしながら、私はぼんやりと、そんなことを思った。

明け方までどんちゃん騒ぎをしていたので、荷づくりがすんだときには八時をだいぶすぎていた。おもてはすっかりあかるく、私は、耕介さんの寝顔をじっとみつめた。ハンサムというのではなかった。少し疲れたような寝顔だった。それでも私は、何だかたまらなくいとおしい気持ちになって、耕介さんの胸の上に、ほっぺたをつけてみた。心臓の音がきこえた。それから、そばにそうっと横になった。ほんの十五分だけ横になって、耕介さんが眠っているあいだに帰ろうと思っていたので、毛布の中には入らなかった。

その寝室にはセミダブルベッドが二つあったけれど、私は一度も奥さんのベッドに寝たことがなかったので、耕介さんはいつのまにか、ベッドの端で眠るくせがついてしまったらしい。その日も、耕介さんはベッドを半分しか使わずに、左の方できゅうくつそうに眠っていた。私は、耕介さんのベッドの、右半分の「私の場所」に横になり、すぐとなりに耕介さんを感じながら、目をつむった。まぶしいほどよく晴れた朝で、私はそんなに悲しくなかった。愛情の終りは悲しいけれど、私たちの間にはまだちゃんと愛情があるのだから、悲しむ必要はないのだと思った。

「弟さんは元気?」

バニラシェイクを飲みながら、私はトオルくんにきいた。

「うん。元気だよ。駅前のレコード屋でバイトしてる」

「レコード屋って、南口の?」

「うん。従兄《いとこ》がやってる店なんだ」

南口のレコード屋といえば、何だかしょぼしょぼして、未《いま》だにキャンディーズとかピンクレディとか売っていそうな、さえない店だった。そんなところでアルバイトをするというのは冬彦くんらしい気がして、私は少し笑った。

「女の人をおとそうと思ったら」

トオルくんがいきなり言った。

「男と別れたあとがチャンスだって、ほんとかな」

いつかとおなじ、冗談とも本気ともつかない口調だった。

「さあ、どうかしらね」

ふふふ、と笑って私は言った。この子は、ときどきぎょっとするほど大人っぽい顔をする。

私はバニラシェイクを飲みほした。トレイを持って立ちあがると、トオルくんは口の中をハンバーガーで一杯にしたまま、バイクで来てるから送るよ、というようなことをもごもごと言った。

II

玄関ブザーが鳴ったので出てみると、梨花《りか》ちゃんだった。

「やだ、雛《ひな》ちゃん、何してたの、電気もつけないで」

いわれてみれば、もうすっかり夕方である。

「はい、これ、枝豆」

梨花ちゃんは、新聞紙にくるんだ緑の長い物体を、ぬっとさしだした。

「うわぁ、すごい夕焼け。雛ちゃん、電気消して夕焼けをみてたの?」

私は、そういうことにしておいた。たしかに、窓の外はこわいような夕焼けである。

梨花ちゃんは和歌山にいるときからの親友で、自称私の監視役だ。

「このアパート、狭いけど窓だけは迫力あるもんね」

「それで決めたんだもん」

この部屋には、西側と南側の両方に、大きな窓がついている。

私たちは枝豆をゆでると、電気はつけないまま、窓のそばで缶ビールをのんだ。

「きれいねぇ」

感にたえたように、梨花ちゃんが言った。

ほんとうのことをいうと、私は夕焼けがあんまり好きじゃない。情緒豊かすぎるのだ。でも、梨花ちゃんの横顔のシルエットをみながら、この人は夕焼けがよく似合うひとだ、と思った。夕焼けというのはたぶん、善良なひとに似合うものなのだ。

「ねえ雛ちゃん」

「なに?」

「雛ちゃんは強いのね」

梨花ちゃんがしんみりと言った。

「なに、それ」

梨花ちゃんの言いたいことはよくわかっていた。私には、恋がおわるたびにこの世の終りみたいに泣く梨花ちゃんのような、ああいう情熱はない。

「かっこいいな、と思って」

「なんなの、一体」

梨花ちゃんは、うふふ、と笑った。

「雛ちゃん、この夏も帰省しないの」

今度こそ雛ちゃんをつれて帰らないとおばちゃんに叱《しか》られちゃうわ、と梨花ちゃんは言った。

「もうずーっと帰ってないでしょ」

「電話じゃしょっちゅう話してるんだし、いいのよ」

私は電気をつけた。

「晩ごはん、食べてくでしょ。今、なんか作るね」

「かわいそうなおばちゃん」

そういえば、梨花ちゃんは昔から、私の母と仲がよかった。髪の毛を切ったとか、新しい洋服を買ってもらったとか、何かあるたびに、おばちゃん、おばちゃん、といって見せに来ていた。

「今度はどのくらい帰るの」

ピーマンをざく切りにしながら私はきいた。

「あさってから二週間」

「そう。みんなによろしくね」

「雛ちゃん」

「なに?」

玉ねぎは使わないでね、と梨花ちゃんは言った。

「却下!」

私が台所からどなると、梨花ちゃんはもう一度、雛ちゃん、と言った。

「雛ちゃんが同棲《どうせい》してたこと、おばちゃんに知れたら大変だね」

今夜の酢豚は玉ねぎぬきだ。

梨花ちゃんにいわれるまでもなく、私も自分の冷静さを不思議には思っていた。恋人と別れたというのに、私はこの一ヵ月、とても元気だった。耕介さん、今ごろ何してるかな、と思うことさえ楽しかったし、まるで卒業アルバムを眺めるような甘いせつなさをもって、半年間のあれこれを思い出した。すべてはこのまま記憶の底に沈み、瞬間凍結するのだろうと、私は本気で思っていた。

きっかけはレコード屋だった。ばかみたいに暑い日で、私はつばひろの麦わら帽子をすっぽりかぶって散歩にでた。真夏の真昼の住宅地は、人がいなくてしずかである。空気がゆらゆらしてみえる。私は、時間がとまってしまったみたいな住宅地を、一人ですたすたと歩いた。

スペインみたいだ、と思った。スペインという国では、誰でもみんな、昼寝をするそうである。みんなが昼寝をしているときのスペインのいなか町は、きっとこんな風にちがいない。私は、行ったことのないスペインの、まぶしくかわいた風景を思った。

冬彦くんはカウンターにいた。Tシャツにジーンズをはき、クリーム色のエプロンをしている。あいかわらず、みごとに刈られた頭をしていた。

「こんにちは」

レジの前に立って言うと、冬彦くんはすごくおどろいた顔をした。ＢＧＭに、田原俊彦が流れている。

「あ。こんにちは」

「元気？」

トオルくんにここのことをきいたから、と言いわけのように言って、私はあらためて店内を見まわした。ＣＤよりもレコード盤が中心のディスプレイといい、貼《は》ってあるポスターの趣味といい、ほんとにやぼったい店だと思った。

「木島さんはこのへんに住んでるんですか」

そう聞いてしまってから冬彦くんはあわてて、少し困ったように、つけ加えた。

「えーと、あの、木島さんじゃなくて」

本気で困っているみたいな冬彦くんの表情に、私は、こんないたいけな少年に気をつかわせてしまったことを、申し訳なく思った。

「雛子です」

なぜだか、みょう字は言いたくないような気がした。私はあのときも雛子だったし、今もやっぱり雛子である。

「休憩、とったらどうだ」

口髭《くちひげ》のある、店長らしい男の人が言った。

駅前の、果物屋の二階にある喫茶店で、私たちはアイスコーヒーをのんだ。テーブルの横で私が帽子をとると、冬彦くんは大まじめな顔で、

「雛子さん、夏でも色が白いんですね」

と言った。私は、

「カメレオンじゃあるまいし、肌の色なんてそうそう変わらないわ」

とこたえたけれど、冬彦くんの言葉は、何だかすごく新鮮な気がした。私は昔から日にやけるのが嫌いで、今どき流行《はや》らないつばひろ帽子まで愛用しているわけだけれど、冬彦くんはきっと、十六年間毎年、夏にはこんなにまっ黒になっていて、夏というのはそういうものだと思いこんでいるにちがいない。それは、何という気持ちのいい思いこみだろう。冬彦くんの十六年間の人生は、私の二十一年間の人生とは全然ちがうのだ。

「アルバイト、毎日してるの？」

「ええ、定休の火曜以外は」

八月は部活がなくて暇だし、金はないよりある方がいいし、と冬彦くんは言った。

金なんてない方がいいんだ、と耕介さんはよく言っていた。奥さんの実家からうけている、かなりの額の「援助」のことを言っていたのだと思うけれど、それがなかったら、同人誌みたいな商業誌に気紛れみたいに詩を書くだけの耕介さんが、三LDKマンションで好きなように暮らせるはずがないのだ。

「宮澤賢治みたいに暮らしたいよ」

「もめんや」でお酒を飲みながら、本気でそう言った耕介さんの横顔を、私はいとおしく思いだす。でも、耕介さんは宮澤賢治ではない。

暑いですね、と冬彦くんが言った。ほんとね、とこたえると、もう次の言葉が続かない。無器用というのは、少年にだけ許される特権だと思う。私は、耕介さんも十六のころ、きっとこんな感じだったんだろうな、と思った。

そろそろ行かないと、と冬彦くんが言った。私は伝票を持って立ちあがると、

「バイト、しっかりね」

と、少し年上ぶって言った。

冬彦くんは、喫茶店をでてもまだ、おかしそうにくつくつ笑っていた。四百円×二人分の借りができてしまった。財布をおいてきたなんて、全くかっこうわるい。

「いつまで笑ってるの」

あ、スイマセン、と言って、冬彦くんは笑うのをやめたが、目だけはやっぱり笑っている。遅い午後の商店街はまだまだ暑く、私は、ぺたぺたと歩いて帰る背中に、見送ってくれているらしい冬彦くんの視線を感じた。

そしてその夜、私は自分でも思いがけない自分を発見したのだ。

夕食のあと、何だかとても、ピーチネクターが飲みたくなったので、私はサンダルをつっかけて、近所のコンビニエンスストアへでかけた。七月の夜はしっとりと涼しくて、うすっぺらな月が、まぁるく夜空をひやしていた。狼女《おおかみおんな》ではないが、私は昔から、月の光をあびると元気がでてしまう。しーんと、気持ちが冴《さ》えかえるのだ。私は深呼吸を一つした。空気が水を含んでいるので、夜はまるで海の底のようだ。最初の角を左にまがり、少し歩くと水田にでる。私は、夜の水田を眺めるのが大好きだった。あざやかなさみどりのうねりが、風をくっきりと視覚化する。それはもう、息をのむような美しさである。私は立ちどまり、両手をジャンパースカートのポケットにつっこんだまま、しばらくその光景にみとれていた。

強い西風がふきぬけ、稲が泡立つみたいにしゃわしゃわと揺れた。

あ。

私は、自分でもききとれないほどかすかな叫び声をあげた。風が、一瞬にして私の中身をさらって行ってしまったような、からだがからっぽになってしまったような、がらんどうの感じだった。そして、すべてがはっきりと、この七月の月夜のもとにさらされている、という気がした。それはまるで、私の魂が肉体を遊離して、しゃわしゃわと泡立つ水田のまんなかに落っこちたみたいな、そんな感じだった。

私の魂は、ぬれた稲の感触も、しっとりとした土の匂《にお》いも、ちゃんと覚えている。はだかでなげだされた魂の、それはどうしようもなく心細い、とことんまで心細い、一瞬の夜間飛行だった。

からっぽになった私は、あ、と声をあげたあと、魂がもどってくるまで馬鹿《ばか》のようにただ立っていた。ものすごく強い衝動で泣きたくなったけれど、実際には泣かなかった。からっぽでは、涙もでやしないのだ。

耕介さんに会いたい。

全身全霊でそう思った。すべてがゆっくりとくずれ、形を変えはじめる。

耕介さんのいない日々がはじまった。

Ⅲ

トオルくんは枕《まくら》の下で両手をくみ、天井をにらんで、

「まっぴるまからセックスをしてしまった」

と言った。

「雛子さんとのセックスは、いつもまっぴるまだなあ」

人ぎきの悪い、と私は言った。いつもって、まだ二回じゃないの。

「二回セックスして、二回ともまっぴるまだったら、それはいつもっていうんじゃないかなぁ」

セミがわんわん鳴いている。

「麦茶のむ？」

「のむ」

私はTシャツを着て、ベッドからおりた。

トオルくんの胸は、耕介さんの胸と全然ちがう。まっくろで、鎖骨が細くて、顔をうずめると動物的な匂いがする。

「質問」

　麦茶の氷をカラカラとまわしながら、トオルくんが言った。

「ここはいつもきちんと片づいているのに、あの人と暮らしていたときにはどうしてあんなにちらかしっぱなしだったの」

　ほんとうに、あの部屋はきたなかった。食器だの、新聞だの、灰が一杯になった灰皿だの、いつもそこらじゅうにころがっていた。

「ねっころがったまま、手をのばせば何でもとれる、というのが便利だったから」

「それだけ？」

「うん。それだけ」

　耕介さんは、部屋の掃除を一週間に一度くらいしかしなかった。私は六ヵ月間そこに住み、ただの一度も掃除なんかしなかった。料理をつくったこともない。私たちは毎日、外食をするか出前をとるか、さもなければ近所のパン屋の調理パンを食べてすごした。

「それで、一日じゅうベッドで何をしてたの」

　にやっと笑ってトオルくんはきいた。

「別に。眠ったり、起きたり、アイスクリームをたべたり、本を読んだり、テレビをみたり」

「ふぅん」

「まぶしいわね」

私は窓に、ブラインドをおろした。そろそろ買物に行かなくてはいけない。マーガリンがおわりそうだし、卵もきらしてしまった。

トオルくんがラジオをつけた。トレイシー・チャプマンが流れてくる。

「ひでぇ声。がさがさだな」

グラミー賞をとった曲よ、と私は言った。

「何て曲?」

「ファスト・カー」

ふぅん、悲し気なメロディだね、と言って、トオルくんはごわごわとジーパンをはいた。

「女の子がね、恋人に、あなたの車でこの町をでましょう、って言ってる歌よ。よその町に行って一緒に暮らしましょう、ってね」

私なら、自分の車で勝手に行くわ、と言ったら、かわいくねぇ、とトオルくんは苦笑した。

「帰るよ、バイトに行かなきゃ」

「そこまで一緒に行くわ。買物があるの」

ブラインドごしの日ざしは、弱々しくかたむきはじめている。

ひややっこを食べようと思って、おとうふと、ねぎと、しその葉っぱを買った。卵とマーガリンももちろん買ったし、ついでに食パンとあじのおさしみも買った。青白い夕方だった。

プルキニエ現象がおこると、私の部屋は水の中のようになる。二つの窓のせいだと思う。私は、買ってきた食料を冷蔵庫にしまい、それから居間のソファーにあおむけになって、南側の窓から外を眺めた。うす青い空気が、昼間の熱を嘘《うそ》のようにひやしてゆく。私は、深々と空気をすいこんだ。


私の視点は、そこでもやっぱり上にあった。ちょうど窓枠の上あたり。耕介さんの部屋のカーテンは、紫がかったグレーだ。レースのカーテンだけがひかれたその窓のあたりを、私はふわふわととびまわっていた。耕介さんは、めずらしく机にむかっている。耕介さんの横顔。私はなつかしさといとおしさでめまいがした。キリストをみつめる聖母マリアみたいな気持ちだった。静謐《せいひつ》。そこには、ただ青い空気と、安心な静寂があるばかりだった。

　ふわふわととんで耕介さんに近づく。耕介さんの顔のクローズアップ。ながいまつ毛、白いほっぺた、私は、耕介さんの頭を抱きかかえるでもなく、まぶたにそうっとふれてみるでもなく、ただふわふわと無機的に、そこにいた。

　台所で音がした。きっと奥さんがごはんをつくっているのだ。そういえば、この部屋もきれいに掃除されている。不思議なことだが、私はとてもみちたりた気持ちになった。グレーのカヴァーがかけられたベッド、灰のたまっていない灰皿、観葉植物の鉢、耕介さん、そうして奥さん。あるべきものが、あるべきところに、ちゃんとおさまっていることの居心地のよさ。青い空気がさらさらとこぼれる。耕介さんの顔をまぢかにみながら、私はこのひとの髪の一本一本まで、たしかに愛している、と思った。


　管理人のおばさんがドアチャイムを鳴らし、私の意識がソファーの上にもどってきたときには、窓の外はもう青くなかった。

「あら、雛子ちゃん、どうしたの、電気もつけないで」

　近所じゅうに聞こえそうな声でおばさんが言った。この人は、少し耳が遠いのだ。

「いえ、ちょっとぼーっとしてたものですから」

あいまいに返事をすると、おばさんはサランラップのかかったお皿をつきだした。

「たきこみごはん、つくったから」

今度は聞きとれないほど小さな声で言う。おばさんの声の強弱は極端である。まわりに聞こえてはまずいと思ったのだろうが、私が、

「いつもすみません」

と大声をだして言うのだから、結局近所にわかってしまうのだ。

私とおない年の娘さんがいるとかで、この人は私を可愛《かわい》がってくれる。私も、買物のついでにたのまれものをしたりはするのだが、若い頃亡《な》くなった御主人の話とか、一人暮らしをしている娘さんの話とか、そのへんになるとちょっと閉口してしまう。

「おいしそう。さっそくいただきますね」

私は言って、頭をさげた。


それは、ある夜突然現れた。何の前ぶれもなく現れたのだ。

私はその日、いつもより早目にベッドに入った。歯が痛かったからなのだけれど、お風呂《ふろ》あがりにのんだ薬が効いて、痛みは少しずつ遠のいていった。そして、ようやくうとうとしはじめたとき、しゅる、というつめたい音がした。しゅる、しゅる、し

ゆるる。音はゆっくり近づいてくる。足もとから、耳もとへ。私は寝がえりをうった。しゅる、しゅるる。錯覚ではない。音はたしかに近づいてくる。しゅるる、しゅる。私はいっぺんに目がさめた。息をころし、じっと耳をすます。背中に、何かがぴたっとくっついた。くっつくというより、よりそうという感じだ。うすい、麻のパジャマを通して、それはつめたく、かすかにぬれていた。

私は、もう歯痛どころのさわぎではなかった。どきどきして、冷や汗がでる。背中のそれは、私にぴったりとよりそったまま動かない。私は目をつぶり、度胸を決めて、がばっとおきあがった。

それは、白い、大きな、美しいへびだった。大きな、などというものではない。そのへびは、私とちょうどおなじくらいの大きさだったのだ。つまり、体長百六十センチということになる。直径十五センチはあったと思う。ともかく巨大なへびである。それが、私のベッドの水色のシーツの上に、ながながと、ゆうゆうと、ねそべっているのだ。

真珠のように白いへびだ。すべらかに白く、ぬめぬめとひかっている。女へびだ、と一目でわかった。かしこそうな顔をしている。

夢にきまっている、と私は思った。夢にしてはやけにリアルだったが、こんな馬鹿なこと、夢でないはずがない。私はもう一度目をとじ、そうっと横になった。夢にきまっている。夢でないなら薬の副作用だ。歯痛からくる幻覚かもしれない。深呼吸をして、ゆっくりと目をあける。やっぱりへびはそこにいた。恐怖がじわじわとわきあがる。私は両手をにぎりしめた。

しゅる、しゅるる。へびは重たげなからだをゆっくりと動かし、私の上にはいあがった。何という重みだろう。息がつまる。お腹《なか》の上に、へびの白い腹をつめたく感じながら、私は、このまま圧死するのかもしれない、と思った。金色と緑色とをまぜたみたいなへびの目は、闇《やみ》の中でじっと私をみつめている。とろっと深く、よくひかる目だった。

はてしなくながい時間、それは私の上にいた。どっしりと横たわって、私をにらみつけていた。そして、しゅる、っとおりたかと思うと、来たときとそっくりおなじように、シーツの上をゆっくりはって、去っていった。しゅる、しゅるる、しゅる。去っていくへびの後姿を、私は混乱と安堵《あんど》とをもって見送った。背中がじっとりと汗ばんでいる。

朝になっても、私は気分が悪かった。何もかもがはっきりしすぎている。あの音、あの感触。へびの重み、そして目の色。夢ではなかった。私はゆうべ、たしかにへびにおしつぶされそうになったのだ。

私が冬彦くんに会いに行ったのは、借金をした日から十日もたったあとだった。

「わざわざ、よかったのに」

冬彦くんは笑って、予約特典のポスターをまるめながら言った。やっぱり、クリーム色のエプロンをしている。

「そうはいかないでしょ。借りは借りだもの」

「雛子さんって、律儀《りちぎ》なんですね」

私はどきっとした。名前をおぼえていてくれたというだけであわてるなんて、私もけっこう純情だなあ、と、変な感心をしてしまった。

「レコードでもCDでも、何でも二割ひきますよ」

冬彦くんが小声で言った。

「叱《しか》られないの？」

私も小声でききかえす。

「まかせなさい」

どんっと胸をたたくゼスチャーをして（それでいてやっぱり小声で）、彼は言った。

困ったな。これでは何か買わないわけにいかない。とりあえず洋楽のコーナーに行ってみたけれど、ビートルズだとかストーンズだとか、おそろしくオールドファッションで、ほしいものは一枚もなかった。

ほんとうは、借金などどうでもよかったのだということを、私自身はちゃんと知っている。ただ、ほんのちょっと、冬彦くんの顔がみたくなっただけなのだ。子供っぽく笑う、丸刈りの冬彦くんの顔が。

結局、私がレジに持って行ったのは俊ちゃんのCDだった。冬彦くんは、約束どおり二割びきにしてくれた上に、予約特典のポスターまでくれた。

「ありがとうございましたぁ」

朗らかな声で、冬彦くんが言った。

店をでて、俊ちゃんのポスターを片手に歩きながら、私は何だかとても気分がよかった。心なしか、足どりまで軽い。そうだ。いったんうちに帰って、着替えて、お化粧もちゃんとして、映画でも観《み》に行こう。私は、その思いつきに少し興奮した。実際、この夏の私の行動範囲の狭さは尋常じゃない。フットワークのよさが勝負の女子大生とは、とても思えない。前にはあんなに好きだった映画さえ、この夏はすっかり縁遠くなっていた。

耕介さんと私は、映画の好みがすごく似ていた。ホラーが苦手なところも、アクション映画が好きなところも。ロメール論もタルコフスキー論もお酒のさかなにはいいけれど、ほんとうは二人とも、東映の任俠《にんきょう》映画の方に熱くなるタイプだった。

電車はすいていて、私は赤紫色の座席にすわった。外はすごく晴れていて、電車の中もあかるくて気持ちがいい。私は、まっぴるまの電車というのが好きである。乗っているのはたいていおばさんか子供で、朝夕の通勤電車とは全然ちがう。音までちがう。昼間の電車はちゃんと、昔ながらの、がたんごとんという音で走るのだ。通勤電車は音もなくさあっと走る、ような気がする。まっぴるまの電車に乗ると、生活が少し好きになる。偶然おなじ車両に乗りあわせた人たちを、私は少し愛してしまう。

ところが、である。この日は私の目の前に、サラリーマン風の男の人が立っていたのだ。こんな時間にどうして、と思ったが、立っているものは仕方がない。私のなかに、憎悪《ぞうお》がわく。通勤電車側の人間。一体どうして、この人はすわらないのだろう。むこうに席がいくつもあいているのに。私はイライラしてしまう。しかも、悪いことに、その人は結婚指輪をしていたのだ。

私は暗澹《あんたん》としてしまった。さっきまでのあかるい気持ちは、もうはるか彼方《かなた》だった。

私は、結婚指輪というものが嫌いなのだ。これは私の夫ですから手をださないで下さいね、という奥さんの声がきこえてきそうで、それをまた臆面《おくめん》もなくはめて社会を闊《かっ》歩《ぽ》している男の人もいやで、ほんとうにうんざりする。

耕介さんは、結婚指輪をしていなかった。だからてっきり耕介さんも結婚指輪が嫌いなのかと思っていたが、

「そうじゃないよ」

とある日彼は言った。

「したくても、できないんだ」

やっぱりこんな風にまっぴるまの電車に乗っていて、やっぱり結婚指輪をしているサラリーマン風の男の人をみかけて、私たちは指輪について話していたのだ。

「どうしてあんなものをしたいの」

耕介さんがそれを嫌いじゃなかったということがなぜだか腹立たしく、棘《とげ》のある口調で私は言った。

「あんなの、犬の首輪とおんなじじゃない」

耕介さんはとても悲しいような、とても怒ったような、複雑な顔をした。

「雛子ちゃんにはわからないかもしれないな」

他のどんなこたえより、私を傷つけるこたえだった。

「そんなにいいものなら、すればいいじゃない」

耕介さんは困ったような顔をした。

「その資格がないからね」

あれは、まだ寒い頃だった。一月だったか、二月だったか。

どうしてこんな、思い出したくもないようなことを、こんなにはっきり覚えているんだろう。ああ、いやだ。記憶なんて、いつだって悲しくて、ろくなことがない。

映画はおそろしくつまらなかった。とちゅうでたっぷり三十分、眠れるほどにつまらなかった。衝撃の話題作、などという宣伝文句につられて入った映画だったが、結局、バーブラ・ストライサンドのヒステリーを延々とみせられただけだった。

白いスクリーンに、キャストの字幕が流れてゆく。あちこちで、ばたばたと椅子《いす》をもちあげる音がした。

気がつくと、私は椅子の左腕をじっとみていた。耕介さんの右手が、いつもおかれていた場所。爪《つめ》の形も、指の感じも、青いインクがかすかに残る中指も、私はちゃんと覚えている。私のほっぺたをなでるときの手のひらさえ、ありありと思いうかべることができる。

空の紙コップを持ってロビーにでる。どくどくしく赤いじゅうたんのしきつめられた、そのロビーの喧噪《けんそう》をぬっておもてにでると、なまあたたかい風が、ベージュの空にわだかまっていた。雨の匂《にお》いがする。五分以内に夕立ちがくるな、と私は思った。

IV

もちろん、私は毎日耕介さんのことばかり考えて暮らしているわけではない。私は、トオルくんという可愛いボーイフレンドが気に入っていたし、耕介さんのことは、何かのひょうしに、ぱっと思いだすにすぎないのだ。

しかし一方では、電話がなるたびにびくっとする自分に、私は自分でイラだっていたし、何かのひょうしにふと、耕介さんのことを思いだす回数も、このごろとみに、ふえてはいた。そういうとき、私はきまって、自分がからっぽになるのを感じた。ほんの一瞬だが、気持ちの底にブラックホールができてしまう。私は、その不気味な深い穴をとても直視できない。ぞっとするほど淋《さび》しくなってしまう。

それにしても今年の夏は暑い。そして、私は今年、どうしても夏になじめずにいる。夜は、それでもだいぶましである。水田のあたりで青蛙《あおがえる》がしきりに鳴き、蛙の声は空気をつめたくする。ちょうど、昼間にセミがわんわん鳴いて、ただでさえ暑い空気をますます暑くするように。

必然的に、私は夜、活動するようになってしまった。夕食がすむ頃から、ようやく頭が動き始める。動きはじめても、何をするというわけでもないのだが、ビデオを観るとか、卒論の資料をぱらぱら読むとか、雑誌にでていたお菓子を焼いてみるとか、ベランダにでて星をみるとか、そんなことをして三時か四時まですごすのだ。

大学四年生の夏休みというのは、一般的に就職活動の季節である。地味なスーツ、清潔感のある髪型、透明かうすいピンクかのマニキュア、ビニールに入った大きな書類入れ。しかし、私も梨花ちゃんも、そういうものとは無縁である。梨花ちゃんは、卒業したら和歌山に帰ってお見合いをして結婚するんだと、大学一年生のときから決めていた。私は、叔父のやっている法律事務所を手伝うことになっている。私たちの夏休みは、ひどく気楽だった。


晴れてポルノ映画がみられるわね、と私は言った。トオルくんの誕生日。

「気持ちいいなぁ」

三杯目のジョッキを手に、トオルくんは目を細めて夜空を見上げ、音程をはずしながら鼻歌をうたった。

「星のふっるぅ夜はぁ、あなたと、ふったぁりでぇ」

ビアガーデンの、美しくならんだ赤いちょうちんを眺めながら、子供の頃、こういう屋上でよく遊んだな、と思った。十円を入れると動く乗り物があって、さるだの九官鳥だの売っていて。母と行くデパートが、私は大好きだった。

「ねぇ、雛子さん」

「ん?」

「あのとき、どうして僕をパーティによんだの」

「あのときって?」

そら豆を一つ口に入れて、私はきいた。

「雛子さんが新聞配達にキスをしたとき」

「ああ、あのとき」

配達や集金のときにみるあなたを、私も耕介さんもとても気に入っていたから、と私は言った。そうしてそれは嘘《うそ》じゃなかった。私たちは二人とも、トオルくんの不良っぽさがすごく気に入っていたのだ。

世の中には、三種類の人間がいるのだと思う。善良な人間と、不良な人間と、どちらでもない人間と。どちらでもない人間は、狂おしいほど善良に憧《あこが》れながら、どうしようもなく不良に惹《ひ》かれ、そうして結局、どちらでもない人間はどちらでもなく、一生涯善良に憧れつづけ、不良に惹かれつづけて生きるのだ。

僕のどこを気に入ってくれたの、とトオルくんはきいた。トオルくんはとても器用にそら豆をたべる。

「新聞少年のくせにさわやかじゃなかったところ」

そら豆の皮をチューインガムみたいにかみしめながら、私は言った。

「いいっすよ、とか、まいどっ、とか、そういう言葉づかいをしなかったところ」

ときどき、悪趣味な金のネックレスをつけていたりしたところ。爪がインクで汚れていなかったところ。

ふぅん、とトオルくんは言った。でも、大切なのはそんなことじゃなかったのだ。トオルくんが新聞配達を始めたのが、私たちが一緒に暮らしはじめてからだったということ、私たちの半年間の、たった一人の証人だったということ。

今夜は泊まりに行ってもいいんでしょ。唐突に、トオルくんが言った。

「いたいけな高校生を、こんなところにおいて帰れないよね」

「いたいけな高校生を泊めるより罪が軽いでしょ」

「十八だぜぇ」

大きな声でトオルくんが言う。

「十八っていうのは、酒も煙草《たばこ》もまだだけど、エッチだけはしてもいいですよ、って国が認めた歳《とし》なんだぜ」

エッチだけはしてもいいですよ!?　私は笑った。トオルくんは善良だ。

「仕方ない。今夜は、国家の名のもとにエッチをするか」

「やった」

トオルくんは言い、健全な笑顔でにっこりした。

お茶やら干物やら、タッパーにつめた筑前煮やらなすの煮たのやら、おみやげをたくさん抱えて梨花ちゃんが帰ってきたのは、私が運転免許をとった日だった。

朝早く起きて電車とバスを乗りついで試験場に行き、視力検査のあとで百問の試験をうける。合格がわかるまで四十分待ち、写真をとってからさらに一時間待って、やっと免許証をうけとれる。

ドアの前に立っていた梨花ちゃんは、おそーい、と言ってふくれっつらをした。

「急に来るからよ」

鍵《かぎ》をあけながら私が言うと、梨花ちゃんはいかにも不服そうな顔をした。

「二週間後に帰るって言ったじゃない」

おじちゃんもおばちゃんも元気だったわ、と彼女は言い、犬が子供を産んだとか、高校の先輩が結婚したとか、駅前のラーメン屋がつぶれたとか、ぽつぽつと報告をはじめた。

私は、たった今うけとった玄米茶をいれながら、へぇ、とか、そう、とか言ってうなずいた。梨花ちゃんは何だか元気がない。

「つまんでね」

私はタッパーのふたをあけてテーブルにおき、熱いお茶を一口のんだ。

ひろちゃん、十月に赤ちゃん産むんですって。すごく大きなお腹《なか》してた。もう名前まで決めてあって、
梨花ちゃんはそこで話をやめた。

「ねえ、雛ちゃん」

私もこっちで就職しようかなあ、と彼女は言った。私はとてもおどろいた。

「就職、って言ってもねぇ」

もう夏休みも終りだし、今から準備するとなると大変だし。

「いなかはきゅうくつだわ」

梨花ちゃんが言った。

「たった二週間で、近所のことがみんなわかっちゃうのよ。どこのおばぁちゃんが入院したとか、どこの夫婦が離婚したとか」

まだ生まれてもいない、ひろちゃんの赤ちゃんの名前まで、私知ってるのよ、と言って、梨花ちゃんはかなしそうに笑った。

「わかるけど」

わかるけど、梨花ちゃんがそんなことを言うのをきくのは淋しかった。梨花ちゃんは梨花ちゃんのまま、きゅうくつを愛していてほしかった。そして、そんな風に思うことの傲慢《ごうまん》を、私は自分でもてあましてしまった。

「ね、食事に行かない」

私はあかるい口調でさそってみた。

梨花ちゃんをおもてに待たせて、私は管理人のおばさんのところによった。

「つまらないものですけれど、母がよこしましたので」

大きな声で言って、私はおばさんの手にお茶と筑前煮をおしつけた。

「まぁ、悪いわねぇ」

さらに大きな声でおばさんは言う。

「ちょっとあがっていらっしゃい」

これからでかけますので、と言ってことわると、おばさんはすごくがっかりした顔をした。何だか気の毒になって、

「じゃ、帰ってからおじゃましようかな」

と言ったら(ほんとうのところ、言った瞬間に後悔したのだが)、おばさんはうれしそうに笑って、

「雛子ちゃんはほんとにいい子ね。お母さんは雛子ちゃんみたいな娘を持ってしあわせだね」

と言った。

梨花ちゃんは、電信柱にもたれて立っていた。

「蚊にくわれちゃったわ」

口をとがらせた梨花ちゃんをみて、私は、きっと私の母も、さっきのおばさんみたいなことを思っているにちがいない、と思った。雛子も、梨花ちゃんみたいにやさしい子だったらよかったのに――。

空気は、夜のはじまりのうす墨色をしていた。

「ごめん、ごめん。何食べる？」

私は、哀《かな》しいみたいな、可笑《おか》しいみたいな、不思議な気持ちになりながら言った。

耕介さんの夢をみた。夢の中で、私たちは向きあってすわっていた。何を話すでもなかったが、お互いに、とても気持ちよくすわっていた。目がさめて、私は、
今度は耕介さんのばんよ
と思った。いつだったか、耕介さんが、

「きょう、雛子ちゃんの夢をみた」

と言い、

「夢の中で、僕は雛子ちゃんを抱いた」

と言い、私は、夢がほんとうになるというのもおもしろいかな、と思った。そうして、それが私たちの最初だった。

今度は耕介さんのばんよ
私は、シーツにくるまったまま言った。そう言ったとたんに、ぽたぽたと涙がおちた。

COME HERE. AND MAKE IT REAL.

だいたい私は寝不足なのだ、と、歯をみがきながら私は思った。疲れているからあんな夢をみたのだ。疲れているから泣いたりしたのだ。

寝不足の原因はわかっている。あれ以来ときどきやってくる白いへびだ。へびは私のからだにまきつき、ゆっくりとしめあげる。それで、私はサイドテーブルにタオルをおいて眠るくせがついてしまった。へびが去ったあとの、深い恐怖とわけのわからない悲しみとを、弱々しくぬぐいさるために。

「何か、やつれてない？」

迎えに来てくれたトオルくんが言った。私たちは今日、レンタカーでドライブに行くのだ。

「夏ばてみたい」

私が言うとトオルくんはまじめに心配そうな顔をした。

「じゃあ、昼はうなぎにしよう」

私は、トオルくんのこういう論理性が好きだなと思う。

バイクのうしろにすわってトオルくんの背中にしがみつく。レコード屋をしている従兄《いとこ》のお古だという黒いヘルメットは、すでに私の頭蓋骨《ずがいこつ》になじんでいた。カーブでのからだの倒し方も、少しずつわかってきたと思う。そうやって、トオルくんのガールフレンドとして徐々に完成されていく自分をみるのは、うれしいことだった。

かんかんという遮断機の音は、何だか頭の悪くなりそうな音だと思う。ばかみたいにからっぽで、なんにもない音。私は、なかなかあかない踏切りをのろいたくなった。バイクというのは、とまっていると、暑くて、うるさくて、震動があって、居心地の悪いことおびただしい。

目の前に、若い女の人が立っていた。その人は別に、買い物かごをさげていたわけでも、エプロンをつけたままだったわけでもなかったのだけれど、後姿だけで、一目で主婦だとわかった。私は、念のために左手をみた。やっぱり、薬指にはちゃんとそれがあった。主婦には主婦のオーラがただよっている。ぬかみそくさいとか、生活っぽいとか、そういうんじゃなく、もっと艶《つや》っぽい、もっとなまめかしい何か。目の前の人でいえば、ポニーテイルの首すじだとか、無造作にサンダルをつっかけた足元だとか。

踏切りがあき、バイクは低くうなりながらその人の横をゆっくりとすりぬけた。線路に日が反射してまぶしい。

その瞬間、私は、自分の頭の中がある感情で一杯になっていることに気がついた。不透明でもやもやとやりきれない、それでいて頑固でしたたかな感情。嫉妬《しっと》だ、と思った。私はあの女の人に嫉妬した。あのひとの首すじに、そして足元に。

私はバイクをとめてもらった。

「どうしたの」

ヘルメットをとってトオルくんがきく。

「気分が悪いの？」

疲れてるの、と私は正直に言った。

「ごめんなさい。きょうはドライブに行けないわ」

ぬいだヘルメットを強引にトオルくんの胸におしつけて、私は、いちばん手近にあった喫茶店にとびこんだ。パン屋の二階なので、いい匂《にお》いがしている。バナナジュースを注文し、私はほっと息をついた。白いへびの正体がわかったのだ。とろっと深い目をして私をしめつける美しいへび。

嫉妬というのは相手をしばるものかと思っていた。とんだかんちがいだ。嫉妬にしばられてがんじがらめになるのは自分なのだ。

「おきざりはないよな」

半分本気でおこった顔をして、ヘルメットを二つ持ったトオルくんが立っていた。

「ごめん」

むっとした顔のまま、わざわざどすんと音をたててすわったトオルくんは、何だかとてもかわいくみえた。

「おこってる?」

「おこってる」

私はもう一度、ごめん、と言った。

窓の外に、さっきの踏切りがみえる。たくさんの人や、自転車が、ぞろぞろとわたってゆく。耕介さんの奥さんも、あんな後姿をして買物に行ったりするんだろうか。ウェイトレスが運んできたバナナジュースは、甘くて、つめたくて、いかにも栄養がありそうで、からっぽの胃にしみじみおいしかった。とりあえず、おいかけてきてくれる人がいてよかった、と私は思った。

その日、私とトオルくんはアパートに帰り、例によって「まっぴるまのセックス」をした。私は、ふりそそぐ日ざしの中でするセックスが好きである。ちぐはぐな感じがして、うしろめたくて、からっぽで、気持ちがいい。

耕介さんと暮らしていたときも、お天気のいい午後にはいつもセックスをした。耕介さんのからだは乾いた草の匂いになる。

「もう、昼間のに慣れた？」

動物的な匂いの、少し汗ばんだ胸にもたれて私は言った。うん、と言って素直に微笑《ほほえ》むトオルくんを、くしゃくしゃにしてしまいたい、と私は思う。

これ、誰だと思う、と言って、トオルくんは親指で自分のくちびるをなぞってみせた。

「え？」

「勝手にしやがれ」

「え？」

勝手にしやがれだよ、ジャン＝ポール・ベルモンドの、とトオルくんは言った。

「みたことないの？」

すとん、とベッドからおりると、トオルくんは裸のままヨロヨロと二、三歩あるき、ぐしゃぐしゃ、っとくずれるみたいにだらしなく倒れた。それは「ジャン＝ポール・ベルモンドが死ぬところ」だそうで、トオルくんはこれを「百回くらい練習した」そうだった。「ジャン＝ポール・ベルモンドのお札の数え方」や「ジャン＝ポール・ベルモンドのコーヒーの飲み方」を何度も実演してみせたあげく、やっぱり実物をみなくちゃ、と言って、トオルくんはビデオまで借りてきてしまった。

コカ・コーラを飲みながら、私たちはその映画をみた。そりゃあ、映画も悪くはなかったけれど、私には、ジャン＝ポール・ベルモンドの方がさっきのトオルくんに似ているのだと思えて困った。

あー、おもしろかった。トオルくんは言い、同意を求めるように私の顔をみた。ほんとね、と言うと彼は満足そうに笑い、腹へったな、と言った。

「何が食べたい？」

冷やし中華、とトオルくんは言った。

部屋は水の中のようになっていた。

「これ、何ていうか知ってる？」

椅子《いす》を窓のそばにひきずりながら私がきくと、トオルくんはきょとんとしてきき返した。

「これってどれ」

「窓の外」

私は背もたれをまたぐかっこうで、馬にのるみたいにその椅子にすわった。

「窓の外？」

トオルくんは、うしろから私を抱きかかえるようにして椅子にまたがる。

「プルキニエ現象っていうんですって」

そんなんじゃ免許あぶないわよ、と言って、私は手を窓の外にだした。手は異様に白くみえ、何だか異次元の物体のようだった。とろとろのあお、あいまいなあお、ふしぎななつかしさのあお。

あ。

トオルくんが、私の首にくちびるをおしあてた。熱い息。私は一瞬気が遠くなる。

耕介さんが、うしろから奥さんを抱きかかえ、首すじにキスをしていた。二人が立っている台所の、赤いやかん、まな板にのったとり肉。奥さんは耕介さんの陰になっていてよくみえなかったけれど、子供のようにきゃしゃなからだつきのひとだった。ガス台の向こうの窓、窓辺におかれたコップ、青白い空気。

首が熱い、と私は思った。

魂のユウリ？

冷やし中華をたべながら、トオルくんはきき返した。

「そう。魂が肉体を遊離して、どこかよその場所をさまよってしまうの。そういうのって、あると思う？」

トオルくんは少しのあいだじっと考えて、

「あると思う」

と言った。

「そういうこと、あってもおかしくないと思う」

私は、なんとなく、トオルくんが否定してくれた方がよかったような気がした。

冷やし中華をたべおえると、梨花ちゃんが遊びに来た。

「花火をしようと思って」

大きな紙袋をさしだして、彼女は言った。

「もう夏もおわりだからね」

梨花ちゃんのひとみしりはなみたいていではないので私は気が気じゃなかったが、トオルくんとはめずらしくすぐにうちとけた。

「高校生だなんて信じられない」

紅茶にお砂糖を入れてかきまぜながら、梨花ちゃんは何度もそう言った。

私たちは、暗くなるのを待って外にでた。街灯がじゃまだから、はじから石をぶつけてこわそうか、とトオルくんが言ったとき、私は内心、いい考えだと思った。しかし、梨花ちゃんが本気になってとめるので、それは結局やめることにした。アパートの横手の路地にしゃがむ。アスファルトの表面をこんなにまじまじと見たのはひさしぶりだ、と思った。

「下駄《げた》じゃないと気分でないよな」

スニーカーのつま先で地面をぽんぽんやりながら、トオルくんが言った。ろうそくを立てたコーヒーカップを持っている。はい、お水、と言って、梨花ちゃんがバケツを持ってきた。

「なんにもしないのは雛子さんだけだな」

トオルくんが言う。

「じゃあ、花火は私がやってあげる」

そばにあった縞《しま》模様のやつの紙の部分に火をつけると、しゅうっ、という音がして、青白い煙がでた。しゅるしゅると音をたてて、白いほのおが雨のようにこぼれておちる。この匂い、この音。くらくらする。すげぇ郷愁、とトオルくんが言った。

電気線香って、本物の線香花火より長もちするのよね。パチパチとはじけるだいだい色の火花をみつめながら梨花ちゃんが言う。電気線香の、その安心感が好き。

私は、自分の花火をぐるぐるとふりまわしてみた。ぐるっとまるく、残光があとをひいて夜にとける。昔、こんな風に花火をふりまわすと、梨花ちゃんはこわがってきゃあきゃあ言った。おばちゃあん、雛ちゃんが、雛ちゃんがぁ。泣きそうになって逃げる梨花ちゃんのうしろ姿を、私は今でもくっきりと思いだせる。ねずみのプロ、と豪語するだけあって、トオルくんのなげたねずみ花火はよく動いた（もえつきた花火を拾ってバケツに入れるとき、トオルくんが神妙な顔つきになるので、私と梨花ちゃんはそのたびに笑った）。

花火はたくさんあり、夜ははてしなくながかった。私は、こんな風に三人で花火をするつややかな夏の夜を、かけがえのないものに感じた。じゃまだと思った街灯のこうこうとしたあかるさも、そのまわりにいる微小な虫さえも、かけがえのないものに感じた。

V

たとえば、海に行った日の夜、布団《ふとん》に入ってもまだ、からだが波にただよっているみたいな感じ。日ざかりの砂浜にねそべって、目をつぶっても太陽がみえるみたいな感じ。そんな風に、耕介さんはいつも私の中にいた。悲しいとか、淋《さび》しいとか、そういうんじゃなく、もっと体力のいる何か。実際、どこへ行くにも耕介さんをひきずって行くのだから、生活そのものが、ものすごく体力を消耗させるのだ。夜は夜でへびに悩まされるし、朝は朝で混沌《こんとん》とにごった眠りからなかなか逃げられない。私は、毎朝鏡をみるたびにぎょっとする。頬がこけて、目がうつろで、まったく病人のようなのだ。さらに困ったことに、私は何かにつけてトオルくんに会いたくてたまらなくなり、そのくせ、会うたびに息ができないほど悲しくなった。

夜になってから降りだした雨がしとしとと屋根をぬらし、私はちっとも眠れなかった。雨の夜は、五感が全部、異様なまでにとぎすまされてしまうので、はるか遠くの、耕介さんの寝息まできこえてきそうだった。私は、ベッドのはじに腰かけた。はだしのつま先は、床の上でこおるみたいにつめたくて、私の触覚も、嗅覚《きゅうかく》も、とぎすまされ、とぎすまされ、一キロ先の木の葉の音にも鳥肌が立つような気がする。私は息をころし、神経をとがらせて、からだ全部で、耕介さんを感じようとした。まるで、つめたい夜風にふるえるぶどうになったみたいだ、と思った。頭の中に、嵐《あらし》の夜のぶどう畑がひろがる。

何て哀《かな》しい、と私は思う。

「あーあ」

わざとばたんと音をたててベッドにひっくりかえる。

「あーあ」

私はもう一度言った。青ざめたぶどうはシーツの中で何度も寝返りをうち、からっぽの心が男の人を恋しがるのを、ひとごとみたいにはっきりと感じていた。どうして別れてしまったんだろう。

私はトオルくんに電話をかけた。

「どうしたの?」

眠そうな声でトオルくんが言う。私は言葉につまってしまった。

「雛子さん?」

言うべき言葉がみつからなくて、私は黙ったまま、雨の音をきいていた。

「今から行こうか」

と、トオルくんが言い、いいえ、と私はこたえた。いいえ、大丈夫よ、何でもないの。

おやすみなさい、と言って電話をきり、私はますます悲しくなった。三十分もすれば、トオルくんが来てくれることはわかっていた。雨の中、バイクをとばしてやってくるのだ。そしてきっと、一晩じゅうそばにいてくれる。

夜はつややかに深さをまし、日ごとに私を苦しめた。夢遊病の一種かもしれない、と思う。ノイローゼというやつかもしれない、とも思う。ともかく、夢がリアルなのだ。あまりにもリアルなので、夢の中でエネルギーを消耗しすぎて、目がさめたときにはつかれはてているのだ。

どれもこれもいやな夢である。たとえばきのう、夢の中で私は電気スタンドになっていた。耕介さんのベッドサイドの、あの小さなスタンドである。耕介さんのおだやかな寝顔を照らしながら、私はあまりのせつなさに涙ぐんでしまった。しかし、ふと横をみると、となりのベッドには、私の知らない女の人が背中をむけて眠っていた。短い髪ときゃしゃなうなじ。

小さな羽虫が電球にとまった。うっとうしい、と思っても、私は自分にとまった虫を追うこともできないのだ。しだいに熱くなっていく。自分の熱に、自分でやけこげていくのだ。私はスタンドである自分をのろいながら、じりじりと苦しみながら、ベッドサイドに立っていた。

私は天井になり、ベッドになり、缶ビールの空き缶になりして、夜毎《よごと》、耕介さんの部屋を訪れた。耕介さんは、しずかに眠っているときもあれば本を読んでいるときもあった。いびきをかいているときもあれば、奥さんを抱いているときもあった。

横にすべりこむでもなく、肩にシーツをかけなおすでもなく、私はただの天井として、ただのベッドとして、そうしてただの空き缶として、そこに存在していたのだ。無機的にそこに立ち、無機的に一部始終をみつめる、のろわれた魂。

夢ではないのかもしれない。

そのおそろしい思いつきに、私はめまいさえ感じた。心の中で、まさか、と百回くらい言ってみた。もちろん、効果はない。夢ではなく、現実なのだ。私の魂は肉体を遊離して、闇《やみ》の中をさまよって、耕介さんの寝室にしのびこんでしまうのだ。夢ではない。あれは現実なのだ。

このままでは気ちがいになってしまう。

ある朝目をさまし、疲労の底で、私は思った。ぐったりとしたからだをおこし、ベッドからおりて着替えをし、歯をみがいて顔を洗う、それだけの動作もおっくうだった。

私は、駅前のレコード屋に冬彦くんをたずねた。

「うわぁ、雛子さん、やせましたねぇ」

冬彦くんは、びっくりしたように言った。

「お昼、まだでしょ」

私は言った。

「一緒に食べよ」

果物屋の二階の喫茶店で、私は野菜サンドを、冬彦くんはスパゲティを、それぞれ注文した。

「何か、きょうの雛子さん、迫力あるなぁ」

おしぼりのビニールを、ぽんっとやぶいて冬彦くんが言う。

「狂人の迫力よ」

私は言ったが、これはいい冗談ではなかった。真実味がありすぎて、どちらも笑えないのだ。

「さっそくなんだけど」

水を一口飲んで覚悟を決め、私はこうきりだした。

「みてきてほしい人がいるの」

「みてきてって……」

冬彦くんは困ったように口ごもる。

「どんな人だか知りたいだけなの」

木島さんの奥さんなんだけど、と言ったら、冬彦くんは目をまんまるくした。

「兄きに聞けばすぐですよ。まだ新聞配達してるから」

「トオルくんには、言いたくないの」

「……でも」

「お願い」

思わず、声が少し大きくなってしまった。

「……雛子さん？」

冬彦くんが、びっくりしたように私をみる。

「ごめんなさい」

私は一体何をやっているのだろう。こんなところで、高校生をつかまえて。

少しの沈黙のあと、私はもう一度言った。

「簡単なことなの。ただちょっとみてきてくれればいいのよ。茶色っぽくて、すごく短い髪かどうか、くっきりした二重で、左目の下にほくろがあるかどうか、小柄で、ピアスをしていて、おとなしそうな感じかどうか」

そう言いながら、私は絶望的な気持ちになった。そんなの、どうでもいいことではないか。

「雛子さん?」

冬彦くんの表情は、おどろくというよりもむしろおびえていた。私は、よっぽど鬼気せまる顔をしていたにちがいない。

「いやだ、ごめんなさい」

そう言ったら涙声になっていて、私は自分でびっくりした。大丈夫、と言おうとしたら、よけいはげしく泣けてしまった。そうして、私はそこで、子供みたいにいつまでも、えっえっとしゃくりあげていた。

結局、私はレコード屋の二階の、色のかわった畳に足をなげだして、熱いコーヒーをごちそうになるまで泣きやまなかった。もちろん、野菜サンドもスパゲティも食べずじまいである。

「ごめんなさい」

コーヒーカップを両手で包むように持ち、鼻をぐすぐすさせながら私が言うと、冬彦くんはすごくさわやかに笑った。

「いいんです」

コーヒーはインスタントじゃなく、ちゃんといれたやつだった。

人心地つく、というが、このときの私はまさにそういう感じだった。人間にもどった、という気持ち。

「これ、従兄《いとこ》の古いレコードなんですけど、僕もすごく気に入ってるんです。ギルバート・オサリバン」

そう言って冬彦くんがかけてくれたレコードは、かぎりなくやさしい声で、

ALONE AGAIN, NATURALLY.

と歌っていた。

「もう夏もおわりますね」

冬彦くんが言う。この子のすがすがしさはとても人間とは思えない。まるで天使だ、と私は思った。

送りますよ、という冬彦くんの申し出を辞退して、私は一人でおもてにでた。腕時計は三時をさしている。ぺたぺたと足音をたてて歩いた。たちまち汗がでる。暑い、暑い、まったく暑い。汗ばんだ額に、麦わら帽子がちくちくするのも不愉快だった。塀の上に、太ったのら猫がねそべっている。茶色い縞の猫だ。そこはちょうど大きなとちの木の陰になっていて、猫はいかにも涼し気に昼寝をしている。

猫になりたい、と私は思った。猫になって、耕介さんに飼われたい。これは、すごくいい思いつきに思えた。男の人と住んでいる、と言ったら激怒するにちがいない両

親も、私が猫になってしまえばあきらめざるを得ない。いい飼い主にかわいがられるように、と願ってくれるにちがいない。いくら私でも、耕介さんの奥さんに、「耕介さんは私とあなたと二人とも愛しているのですから、三人で暮らしましょう」とは言えないけれど、猫になれば、三人できっと楽しく暮らせる。

私は、耕介さんの奥さんがよそってくれるおかかごはんは食べない。耕介さんがごはんをくれるまで待つだろう。奥さんはきっと言う。

「この猫、よっぽどあなたが好きなのね」

耕介さんは私を抱きあげて、

「そうだよ」

と言うだろう。そして私にキスをする。私は、耕介さんの足元にうずくまって眠るのだ。

ばかばかしい。

私はまた歩きだす。麦わら帽子の影をふみながら、くだらない想像をうちけすみたいにさっさと歩く。暑い、暑い、まったく暑い。

その晩、私は生まれてはじめて、いたずら電話というものをかけた。一晩に、十一回もかけてしまった。無言電話、というやつである。

はじめの三回は奥さんがでて、次の二回は耕介さんがでた。そして、あとの六回は向こうも無言だった。無言でも、耕介さんだとすぐにわかった。耕介さんも、私が誰だかわかっているのだ、ということもわかった。私たちは黙ったまま、お互いの気配を何度もたしかめた。その沈黙をいとおしみ、なつかしい空気を感じあった。

私は受話器をおき、すぐにまたかけた。耕介さんはすぐにでる。私は微笑《ほほえ》み、電話の向こうで耕介さんもまた微笑んでいることがわかった。

それは、今までのどんなキスよりも、どんな抱擁よりも、官能的だった。ほんとうに、狂おしいくらいに官能的だった。

その日、ベッドに入ったのはやっぱり明け方だったけれど、私はひさしぶりにぐっすり眠った。何の夢もみなかった。深い、気持ちのいい眠りだった。

九月になっても、夏は逝《ゆ》かなかった。私は、残暑というやつが大嫌いだ。夏が苦しそうに喘《あえ》ぐ。

ハッカのゼリーとメロンのショートケーキを二つずつ買って、私は冬彦くんをたずねた。

「いらっしゃい」

あかるい声で迎えてくれたのは、しかし冬彦くんではなかった。所在なげに立っている私に、冬彦くんの従兄であるその店の御主人は、ゆったりとした口調で言った。

「あいつは先週一杯でやめましたよ。もう学校がはじまっていますから」

そうか、もう九月だものね。

「用事ですか」

「あ。いいえ、そうじゃないんです」

わけもなくあわてながら、私は言った。

「先日はすっかり御迷惑をおかけしまして」

ケーキの箱をカウンターごしにおしつけて一礼した私に、その人は笑って、

「どうぞお気になさらずに」

と、ていねいに言った。

店をでて二、三歩あるきかけ、私は立ちどまった。胸がざわざわと鳴っている。もう会えないかもしれない。そう思ったら、胸のざわざわがスピードをました。あのとき、私が崖《がけ》から落ちないですんだのは、冬彦くんがいたからだった。クリーム色のエプロン、レコード屋の二階の畳。ぶっきらぼうな口調、日にやけた笑顔、そして短く

刈られた頭。私の魂を、狂気の世界からこっちの世界にかろうじてひきとめておいてくれたのは彼なのだ。あのとき、冬彦くんはたしかに私の守護天使だった。

私はレコード屋にひきかえし、天使の従兄から学校名をききだすと、そのまますぐに電車に乗った。ともかく、冬彦くんに会いに行かなければならない。

都立星南高校という、いかにも天使にふさわしい名前のその高校は、とても遠かった。私は小田急線と山手線と京浜急行線とを乗りついで、さらにバスに乗った。そして、「おりゃーっ」とか、「どりゃーっ」とか、およそ野球部らしくもないかけ声のあがっている、その第二グラウンドなるところへついたのは、空がたっぷりと夕焼けた頃だった。

緑色のかなあみにつかまって目をこらし、私は、自分が近眼だということを思いだした。うーん。

私はとほうにくれてしまった。泥だらけのユニフォームを着た選手たちは、揃《そろ》いも揃って日にやけて、揃いも揃って丸刈りにしていた。全部冬彦くんに見えてしまうのだ。私の守護天使がうようよいる。

天使たちは、監督が打ったボールにとびついて、守備の練習をしているらしかった。「おりゃーっ」とか「どりゃーっ」とか言っているのは監督一人で、天使の方は息もたえだえである。カーン、という金属音が、夕焼けにすいこまれてゆく。

ずいぶん時間がたったと思う。よく飽きもしないでボールにとびつくな、と思いながら、私だって飽きもしないでそれを眺めていたのである。

「ありがとうございましたあっ」

そう言って天使たちが一せいに帽子をとったのは、もう七時近かった。女子校育ちだった私は、汗と涙の高校生活青春編、にはまったく免疫《めんえき》がなく、彼らのさわやかな迫力に、いささかめんくらっていた。

練習がすむと、天使の一人がまっすぐにかけよってきた。冬彦くんだった。

「どうしたんですか」

スプライトのCMみたいな光景だ、と思った。

「見学」

「……僕を？」

「そうよ」

「………」

「一緒に帰ろ」

「え？　あ、ええ」

冬彦くんは、どうも事態がのみこみかねる、という感じでうなずき、それでもにっこりと笑って、

「着替えてきますから、ちょっと待ってて下さいね」

と言った。

たっぷり三十分は待ったと思う。男の子の着替えなんて五分かと思っていたが、現れた冬彦くんを見て納得した。白いシャツに黒いズボンという制服をぱりっと着た彼は、シャワーコロンだかシャンプーだかの柑橘《かんきつ》系っぽい匂《にお》いをただよわせ、横に女の子までしたがえていたのだ。

女の子は紺のブレザーも初々《ういうい》しく、二人はいかにも清潔で、ほほえましいカップルだった。

「ガールフレンド？」

「え。はぁ、まぁ」

何だかよくわからない返事をして照れている冬彦くんの横で、その女の子は自信と、好奇心と、それからほんの少しの敵愾心《てきがいしん》とのないまぜになった表情をうかべていた。

冬彦くんはもう天使ではなかった。どこにでもいる、普通の高校生だった。もう秋なんだ、と私は思った。

バス停までの十分間、私たちは三人でならんで歩いたが、ほとんど黙ったままだった。話題がまったくないのである。ついこのあいだまで私も高校生だったはずなのに、いつのまにか、私と彼らとのあいだには、こんなにくっきりと違和感がただよっている。その沈黙は、どこか滑稽《こっけい》で哀《かな》しかった。

彼らは、バスがくるまで待っていてくれた。私は、

「またね」

と言ってバスに乗ったが、きっと、もう会うこともないだろうなと思った。

バスの中で、私は、「恋なんて楽しいのははじめだけなのよ。あとはぐしゃぐしゃになって、どろどろになって、すごく疲れるんだから」と、小姑《こじゅうと》みたいなことを思った。「にこにこしていられるのも今のうちなのよ」

私が手をふると、冬彦くんも、そのガールフレンドも、手をふった。私は、ひどくうきうきした気持ちだった。すっかり暗くなった国道をバスは走り、バスの中は蛍光灯がしらじらとあかるく、おつとめ帰りのサラリーマンをてらしている。

それでもやっぱり、人は恋をするのだ。私は、からだの内側に小さなエネルギーが蘇《よみがえ》ってくるのを感じた。

夏はおわったのだ。

VI

私は一人でレンタカーの手続きをし、トオルくんの高校の正門に、車を横づけにした。校舎の前のさるすべりが、あせた桃色に咲いている。三時二十分に終業のベルがなり、高校生がぞろぞろとでてきた。無数の視線にさらされながら、私は自分の大胆さにドキドキした。グレーのシートにもたれて目をつぶり、小さく息をはく。

私をみつけると、トオルくんは満面の笑顔になってフロントガラスをこつこつとたたいた。

「すげぇ」

白いワイシャツと紺色のズボン。

「高校生みたい」

助手席のドアをあけたトオルくんに、私は言った。

「これで、その悪趣味なネックレスさえなければねぇ」

もちろん、トオルくんはちっとも聞いていなかった。

「ニューモデルだ」

とか、

「オープンルーフだ」

とか言いながら、ボタンをやたらにおしてみている。

「この前、ドライブつぶしちゃったからね」

私が言うと、トオルくんは心からうれしそうににっこりして（それは、何だか子犬みたいな顔だった）、

「高速にのろうよ」

と言った。

ほんとうは、冗談じゃない、と思った。何しろこの車には、教官も補助ブレーキもついていないのだ。一般道路だって十二分にスリルがある。しかし、ここでひるむわけにはいかなかった。トオルくんは、長すぎる手足を少しきゅうくつそうにしながら、助手席にすっぽりおさまっている。ちっとも不安そうにしない横顔が生意気で、わざと急ブレーキをかけてみる。そういえば、はじめから度胸だけはよかった。私は、雨ガッパから水をしたたらせて玄関に立っていたトオルくんの顔を思い出した。

「食う？」

ポケットからガムをとりだして、トオルくんはにっと笑った。そんなものをうけと

る余裕などないことを、この子は知っていてこういうことを言うのだ。

「いらない」

何て意地悪な奴《やつ》だろう、と思っていると、トオルくんはガムをむいて口にくわえ、顔を私の前につきだした。

私は、車間距離が十分なことをたしかめてから、すばやくガムをうけとった。トオルくんはからだを折りまげて笑い、

「そんな真剣な顔のキス、はじめて見た」

と言った。

料金所をぬけ、ゆるやかなカーブにそって進むと加速車線である。息をつめてアクセルをふみこむ。バックミラー、サイドミラー、直接目視。私は、いろんな教官の顔をごちゃごちゃに思い出した。

本線に合流し、トオルくんがひゅうっと口笛をふいた。窓も屋根もあけ放して走る。耳元で、夕方の風がぼうぼう鳴る。私の手は、もうふるえていなかった。何て気持ちがいい。風鈴みたいに美しい音が、時速一〇〇キロを知らせている。

プルキニエ現象だね、とトオルくんが言った。ほんとうに、あたりはいつのまにかうす青い。とろとろのあお、あいまいなあお、ふしぎななつかしさのあお。私はさら

にアクセルをふんだ。

「帰りは俺ね」

トオルくんが言う。

「無免許のくせに」

景色がびゅんびゅんうしろへとぶ。私たちは車ごと、青い空気にたっぷりと抱かれていた。


アパートにもどると、もう暗くなっていた。

「車を買ったの？」

裏口から顔をだして、おどろいたようにおばさんが言う。

「いいえ、借り物です。レンタカー」

おばさんはサンダルをつっかけてでてくると、

「ああ、そう、レンタカーか。安心したわ」

と言った。どうしておばさんが安心するんだろう、と思ったけれど、私は何となくほほえましい気持ちになった。白い車と私たち三人とを、街灯がぼんやりてらしだしている。

「夜ごはん、まだでしょ。よかったら食べていきなさいよ」

いつものようにおばさんが言い、私が辞退するより一瞬だけはやく、

「いいんですか」

とトオルくんが言った。私もおどろいたがおばさんはもっとおどろいたようだ（誘っておいておどろくというのも変な話だが、この人が食事に誘うのはほとんど習慣的なものなので、ことわられることにすっかり慣れてしまったらしいのだ）。

「ええ、もちろんですよ」

おばさんは、ぱあっとあかるい顔になって言った。すごく大きな声だ。

おばさんの部屋で、三人で天どんを食べた。天どんには、発泡スチロール製の小皿にのった薄切りのたくあんが添えてあった。

おばさんは、何号室の誰それは外泊が多いとか、誰がふとんを干さないとか、つまらない話を声をひそめてし続けた。そして、冷蔵庫からつくだ煮や福神漬けをだしてきては、これも食べなさいと言ってすすめた。しらじらしいほど大きな声で、うまいなあと言いながら、衣ばかり大きなエビをかじっているトオルくんを見て、私はいとおしい気持ちがあふれてくるのを感じた。せつない予感をはらんだ、甘い気持ち。

食事のあと、私たちはほうじ茶を飲みながら、テレビのクイズ番組をみた。なつか

しくて、ぎこちなくて、しあわせな夜だった。あした、耕介さんに電話をしよう、と思った。いたずら電話なんかじゃなく、きちんと電話して、もう、おわりにしよう、と思った。ほうじ茶は熱くて、香ばしくて、しみじみとおいしかった。

三度目の呼びだし音で奥さんがでた。

「神林雛子と申しますが、先生は御在宅でしょうか」

少々お待ち下さい、と言ったその人の声は、くもりがなく、かろやかだった。

「もしもし」

「先生、作品はあがってますか」

「元気なのか」

「困るんですよねぇ、〆切《しめき》り守って下さらないと」

「……できてますよ。あしたお渡しします。『もめんや』にしましょう」

私は胸が一杯で、もう茶化せなくなってしまった。

「耕介さん」

「うん？」

なつかしい声。ききなれた声。私は目をつぶった。思い出がおしよせてめまいがする。

「これはお別れの電話なの」

私の声は、意外なほどおちついていた。

「だからもう、夢の中にでてきてくれなくてもいいわ」

「……」

耕介さんはしばらく沈黙したあとで、あした、もめんやで話そう、と言った。

「だめ」

私は、今にも泣きだしそうだったのに、心とはうらはらに、うふふ、と笑ってしまった。そして、それはものすごく残酷なひびきを持ってしまった。

「元気でね」

「言いわけにきこえるだろうけど、あのあとも、いつも雛ちゃんのことを思っていた」

「言いわけにきこえるわ」

わかっている。私たちはおなじ人種なのだ。耕介さんの言い分は身勝手だけれど、それが嘘《うそ》ではないことを、私は誰よりも知っている。

「自業自得《じごうじとく》、なのかな」

「そうよ」

私たちの、自業自得だ。

「じゃあね、切るわね」

もう、シカのカップリングシーズンはおわったのだ。

「あ、雛ちゃん」

「はい？」

「このあいだは、電話をありがとう」

「……どういたしまして」

受話器をおくと、私はからだじゅうの力がぬけて、しばらく放心してしまった。解放感というには少し苦いものが、胸のあたりにひろがる。私はよろよろと立ちあがり、椅子《いす》の背にかけてあったカーディガンをはおった。ひどくのどがかわいている。

ピーチネクターがのみたい、と思った。そう思って、少し笑った。よかった。私の心はそれでもまだこんなに元気だ。

財布だけポケットに入れて、私はおもてにでた。コンビニエンスストアに行ってネクターを買うのだ。それから、ビスケットも一箱買って、帰りにビデオでも借りてこよう。

私は、逝《い》ってしまった夏のことを思った。トオルくんがいて、冬彦くんがいて、ぬるい昼寝のように混沌《こんとん》とした夏。車の免許をとった夏。愛情を埋葬してやった夏。夕方の風に、私は目をほそめた。夕方というあいまいな時間が私は好きである。主婦が買物に行く時間、子供たちが路地で遊ぶ時間。ばら色と、グレーと、うすい青とがまざったような空気。

水田では、金色にそまりはじめた稲穂が、さらさらと乾いた音をたてている。

放物線

きょうのテーマは、横浜で中華料理を死ぬほど食べる、というものだった。提案者はかんちゃん。秋の初めの重たく曇った日曜日で、私はとことん着古した、でもいちばん着心地のいい、ベージュのコットンジャージィのワンピースを着た。裸足《はだし》にフラットシューズを履いて、電車をいくつも乗りついで横浜に行く。

「また彼らと会うの」

おとといの夜、電話で清水さんは不興気な声をだした。

「そうよ」

また、ってどういう意味だろう。この前三人で会ってから、もう六ヵ月たっている。まあいいさ、と清水さんは言った。楽しんで来るといい。そりゃあ言われなくてもね、楽しんで来るけどね。

改札をでて、待ち合わせ場所までぶらぶら歩く。こういう賑《にぎ》やかな人混みを、一人で歩くのは気持ちがいい。

光一朗の後姿はすぐにわかった。大学を卒業して五年になるのに、ジーンズとTシャツという格好も、無造作に切り揃《そろ》えられた髪の毛も、まるで学生だ。ベンチがあいているのに、わざわざ柵《さく》に腰かけているところもすごく光一朗らしい。柵が低すぎて猫背になっている。

「よーお、御無沙汰《ごぶさた》、御無沙汰」

大きな声がして、視線を移動させるまでもなくかんちゃんが現れた。光一朗の目が、まるい縁なし眼鏡の奥でなつかしそうに弛《ゆる》む。私は立ちどまり、しばらくそこから二人を眺めた。すっかり遠くなってしまった学生時代の、ずいぶんと元気な亡霊たち。海はどんよりと静かに横たわり、水平線で灰色の空にとけこんでいる。

「男のくせによく喋《しゃべ》るな。朝から天ぷらを食べてきたのか」

近づいて言うと彼らは同時にふり返り、停泊している船を背景に、満面の笑顔をうかべた。限られた相手にだけみせる類《たぐい》の、無防備な笑顔だ。お洒落《しゃれ》とは言いかねる紺のスーツに水色のネクタイをした、大柄なかんちゃんが生真面目《きまじめ》な声をだす。

「すみません、先生。実家が天ぷら屋なもので」

私たちは陽気に笑って再会の握手をした。朝から天ぷらを食べてきたのか、は、論理学概論の担当教授が授業中に好んで使った言いまわしだ。はじめて聞いたとき、それがどういう意味の冗談なのか誰にもわからず、教室中がしんとしてしまった。チョークを片手に、教授は教壇の上できまり悪そうにしていた。私たち三人が出会ったクラスだ。

「おっと。規則違反ね。ごめんなさい」

思い出話なら、アラビアンナイトが書けそうなくらいある。ただし、思い出話をしないというのが、私たちの唯一《ゆいいつ》絶対的な規則なのだ。学生時代の仲間が集って懐古的になったんじゃ進歩がない、というのがかんちゃんの意見だったし、そういうのは気恥かしい、と光一朗は思っていた。少くとも私たちは、荷物が軽い方が生きやすいたちなのだし、それはそのまま、学生時代を誇りかに反芻《はんすう》して滔々《とうとう》と語る世代への、ささやかな抵抗でも、たぶんあった。

「日曜日でもスーツなのね」

おう、と言ってかんちゃんは胸をはる。

「かたい仕事してるのは俺だけだからな」

「どうせ俺たちはイカです」

光一朗が立ちあがり、手足をくにゃくにゃさせてみせたので、横で私も真似《まね》をした。

「どうせ私はクラゲです」

三人で、再び笑った。三十になんなんとする人間たちが、よくこうも子供じみたことをして笑えるものだ、とお互いに半ば感心しながら、それでもどんどん気持ちが軽くなるのを、どうすることもできなかった。ごく控え目に海の匂《にお》いがする。

かんちゃんが予約していた店は、中華街から少し離れたところにあった。坂の上の、見晴らしのいい場所にはあったが、貧相だった。古ぼけた看板の、もとはさぞ派手だったのであろう色あいも空虚だ。入口を入るとうす暗く、脂臭《あぶらくさ》い空気は湿気《しけ》て澱《よど》んでいる。色の黒い、小柄な中年の奥さんが、個室に案内してくれた。存外奥行きのある店だ。

「とりあえずビールね」

かんちゃんが言う。チンタオがいいや。それから前菜。あとはゆっくり決めるからさ。奥さんはにこりともせずにつっ立ってメモをとる。白い三角巾《さんかくきん》とくたびれたエプロン、靴下をはいた足元。中華料理屋の個室というのは大人数用ばかりかと思っていたが、小さな円卓は四、五人用で、四方の壁もせまっている。無数についた壁のしみを眺めながら、ここはきっとゴキブリの楽園だろうな、と思った。

「道子、仕事はどう、順調」

おしぼりで丁寧に手をふきながら、光一朗が訊《き》いた。

「ん。あいかわらず。すごくいいって言ってくれる人もいるし、こんなの焚《た》きつけにもなりませんよって言う人もいる」

「焚きつけぇ？」

横からかんちゃんがすっとんきょうな声をだす。

「何時代の奴《やつ》だよ、そいつ」

実際、編集者と呼ばれる人たちは奇妙だ。いつも新しい物を探しているけれどすごく保守的で、優しいけれどみんなどこか年齢不詳で得体がしれない。

「道子でも気にするの、そういうこと言われると」

悪意のない笑顔で光一朗は訊き、私は答に窮してコップの水を飲む。

「光一朗こそどうなの、新しい仕事」

バーテンだの家庭教師だの、アルバイターと称して気楽にやっていた光一朗が突然就職を決めたのは、二ヵ月くらい前だ。小さなペットショップで丁稚奉公しています、という葉書きをもらって電話をすると、光一朗はいつもの穏やかな声で、チンチラの子供、どう、と言った。買ってくれたら、僕が出張サービスでシャンプーしてあげるよ。

「日々是《これ》決戦」

光一朗はにこやかに言って、傷だらけの両手をテーブルの上でひろげた。

「当然。実社会は厳しいんだよ、諸君」

かんちゃんは嬉《うれ》しそうに言いながら、ちょうど運ばれてきたビールをつぐ。

「ともかく乾杯だな。光一朗の就職と、我々の再会に」

「優秀なる保険外交員と、気鋭の新進作家の前途にも」

光一朗がつけたし、私たちは喉《のど》を鳴らしてビールを飲んだ。小さなコップだったので、勿論《もちろん》一息に飲み干した。とても軽くて香ばしい。

「函崎《はこざき》」

二杯目を早速手酌でつぎながら、光一朗が何気ない風に言った。

「お前、理枝ちゃんとはあいかわらずか」

「おう」

短くこたえて、かんちゃんは蒸し鳥をほおばる。もりもり、という形容がぴったりの食べ方だ。私も光一朗も次の言葉を待ったけれど、かんちゃんは会話をうち切ったつもりらしかった。私のお皿にどっさりのくらげをとって、

「好物だろ」

と言う。

理枝ちゃんは私たちの一年後輩で、かんちゃんのガールフレンドだ。学生時代は、どちらかといえば無邪気な、のんびりして子供っぽい人だった。情報網によれば銀行に就職して、それ以来悲恋に身を灼《や》いているらしい。らしいというのも曖昧《あいまい》だが、かんちゃんは多くを語らない。二人はあいかわらず恋人同士なのだ。

「本人に真相を訊くっていうのは、別に疑ってるってことにはならないと思うけどな」

光一朗が言い、同意を促すように私を見た。

「そうね」

仕方なく私はうなずく。

「でも、疑ってる方が自然だと思うわ」

理枝ちゃんがその男の人といるのを、いろんな人が見ているのだ。それがホテル街だったり伊豆の温泉宿だったりするのだから、事はかなり白日の下に曝《さら》されている、

と思う。かんちゃんは黙ったまま、精力的に前菜を食べ続けている。私は理枝ちゃんのことをよく知らないけれど、かんちゃんの人の好《よ》さの上に胡座《あぐら》をかいているようで腹立たしかった。だいたいかんちゃんがだらしないのだ。

「いいよな、いずれにしても艶《つや》っぽい話があって」

反論一つしないかんちゃんに代わって、光一朗が巧妙にはぐらかす。

「俺なんて犬猫が相手だからなあ」

ドクターストップだ。私は不満をこめて光一朗の顔をみた。完璧《かんぺき》なポーカーフェイス。もっと言及したいのをこらえ、私は春巻きに辛子をつけてほおばる。象牙《ぞうげ》のはしは長くてすべって使いにくい。春巻きは、口の中でじゃこじゃこと音をたてた。

ああ、この間の小説読んだよ。思い出したように光一朗が言った。

「この間のって、ああ、すごく短いやつね」

ちょっと考えるふりをしてそう言ったけれど、どの小説のことかはすぐにわかった。そんなにたくさん仕事があるわけじゃないのだ。

「どうだった」

返事はわかっていたけれど、一応訊いてみる。

「おもしろかったよ」

光一朗はいつもの穏やかさで言う。それ以上の言葉を期待したことをたちまち恥じながら、常に永世中立国的立場を守る光一朗をうらめしく思った。昔からそうだ。この人はやさしいけれど、甘えたらやわらかく拒絶される。

「新しい小説？　どこに載ってるの」

現金に元気をとりもどしたかんちゃんが、ポケットからボールペンをだして訊いた。

「久しぶりだな、活字になったの」

言いにくいことをはっきり言って、かんちゃんは雑誌のタイトルを紙ナプキンに書いた。

「それにしても俺は嬉《うれ》しいよ。道子がちゃんと仕事してるなんて、未《いま》だに信じられない」

その親戚《しんせき》のおじさんのような口調に、私はちょっと安心して笑った。

清水さんはいつも言う。道子ちゃんは仕事をしていなくちゃだめだ。仕事が一番大事だと思ってなくちゃだめだ。そういう人種なんだよ、道子ちゃんも僕も。

私はちがう、と言うことができないまま、私と清水さんは三年間恋愛をしている。お互いに独身だけれど結婚するつもりはなく、一緒に住むつもりもない恋愛、お互いに仕事が一番大切で、愛情の半分は隠しておかなくちゃならない恋愛だ。それはそれでいいと思っている。ちゃんと納得している。

「でもね」

私は、いい匂いの湯気をたててスープが運ばれてくるのを見ながら言った。

「もしも仕事だけが人生だとしたら、私は人生なんて野良猫《のら》にくれてやるわ」

言葉の乱暴さに驚いて、かんちゃんと光一朗は私を見る。

「道子の人生もらっても、野良猫だって困ると思うよ」

光一朗が言った。

御馳走《ごちそう》は次々に運ばれてくる。エビだんご、あわび、青菜、水餃子《すいぎょうざ》、この店の名物だという砂糖がけのやきそば、鳥のロースト。

「お前さ、何で急に就職したの」

老酒《ラオチュー》を舐《な》めながらかんちゃんが訊いた。

「さぁ、どうしてかなあ」

「それもどうしていきなりペットショップなんだよ」

光一朗は困った顔をする。たしかに、今までも光一朗のアルバイトは多岐にわたっていた。塾講師からピザの配達まで、職種の幅広さはかなりのものだ。しかしペットショップというのは意表をついていた。それまで光一朗は、少くとも表向き、生き物があまり好きではないというカオをしていたのだ。正直にいって、私には、自由を愛する光一朗の就職は淋《さび》しかった。

「初任給いくらだった」

かんちゃんは一人で質問し続ける。

「見習い待遇にそういうこと訊くかね」

光一朗は苦笑して、貯金を食いつぶす前に人並みの月給がもらえることを祈っててよ、と言った。

「当分あの部屋から引越せないわね」

外階段、六畳一間、トイレ共同、お風呂《ふろ》なし、という時代錯誤なアパートを思いうかべながら私は言った。光一朗は大学卒業後すぐに独立し、ずっとそこに住んでいる。

「いいところだよ」

ひっかき傷だらけの手の甲で眼鏡をもちあげて、光一朗は感慨深げな顔をした。

「偶然通りかかったんだ」

円卓のまん中の、ラー油の瓶あたりを見つめながら言う。

「そしたら痩《や》せて化粧のこい女がさ、風呂あがりみたいなてらてら顔のだんなと一緒に犬を選んでたんだ。これは毛がちらばるからいやだとか、これは大きくなりすぎてるとか言ってさ、どれにも難癖つけてるの。俺はそれまで考えたこともなかったんだけど、ペットショップってひでえところだなあって思ってね、ひでえところだなあって思って、」

　光一朗はそこで言葉を探すように一拍おき、

「気がついたら就職してた」

　と言って笑った。

「どんな仕事してるの」

　私は何となく幸福な気持ちになって訊いた。

「あらゆる雑用」

　光一朗はゆったりと答え、雑用のうちわけを説明した。店の前を掃く、ウインドウを磨く、動物たちの食事、シャンプー、トイレの砂替え。二階でやっているペットホテルのチェックインやチェックアウト、送迎、帳簿つけ、客室の世話。

「いろいろあるけど、お客の相手以外はいい仕事だよ」

　私は、働いている光一朗を想像してみた。Tシャツにジーパン、まるい縁なし眼鏡。エプロンをつけた小柄な光一朗が及び腰で動物と相対している図。

「ふっふっふ」

かんちゃんが作意的にいやらし気な笑い声をたてた。

「そうだろう、そうだろう。客とまともに渡りあおうなんて無理なことだよ」

やっぱりそうか。もちろんそうだ。保険会社勤務のかんちゃんとペットショップ勤務の光一朗は、そこで妙に意気投合した。客というのは疑い深い上に理解力に乏しく、人の話をきいていないものだ、とかんちゃんが分析すれば、客はみんな身勝手で騒々しく、おまけにひどくいい加減だ、と光一朗が憤慨する。そして、二人がその好例を列挙しているあいだ、私はあわびで杏露酒《シンルチユー》を飲みながら、ぼんやりそれを聞いていた。内容がどんなものであれ、彼らが熱弁をふるうのを見るのはなつかしい。ほんとうに、すごくなつかしい。

二人ともちゃんと仕事してるんだなあ、と思ったあとで、その親戚のおばさんみたいな感想に、今度は自分で笑ってしまった。卒業して五年たつのだ。

じゃあ道子ちゃんは本気で友情が風化しないと思ってるんだ、と、いつだったか清水さんは言った。

「らしくないなあ」

あの時、どうして反論できなかったんだろう。らしくないという言葉が、威圧的なくらいもっともらしく響いた。この世の中で私があてにできるものは友情だけなのだ、

とでも言ってあげればよかった。私は友情を信じているし、それを無条件に愛していても
いるって。かんちゃんや光一朗なら、それを私らしいと思うだろうか。五年。清水さんの知っている私と、かんちゃんや光一朗の知っている私とは、一体どのくらいちがうんだろう。

突然、かんちゃんが立ちあがった。

「噴水の天使」

宣言するようにはっきりと言い、私たちがとめる間もなく、瓶に残っていた気のぬけたビールを空にした。両手を腰にあてて上体をそらし、ほっぺたをふくらませて、ゆっくりとビールを噴きだす。金色の正確な放物線。細く、ながく——。この放物線は、学生時代のかんちゃんの(もちろん恥も恐れもない一、二年生時代の)、得意のコンパ芸だった。かんちゃんの顔がみるみる上気して、苦しそうに歪《ゆが》む。ぴしゃぴしゃと音をたて、床に水たまりができる。天使のビールは、最後にぴゅっとはじけてこときれた。

どすん、と椅子《いす》に腰かけて、かんちゃんはネクタイをゆるめる。私も光一朗も、ほんとにあきれてかんちゃんをみつめた。いい年をして何てばかなんだろう、と思ったらおかしいくらい動揺した。ほとんど泣きたい気持ちだった。光一朗も一瞬言葉を失

していたが、それからとてもやさしい表情になって、あいかわらず上手《うま》いな、とつぶやいた。そして私に説明してくれる。

「すごく難しいんだよ、これ」

勿論《もちろん》私は、昔お風呂場で練習したことなど言わずにおいた。すぐに顎《あご》にまわってだらだられて、放物線どころか直線さえもたちまちとぎれた。

かんちゃんは一体どんな顔をして毎日仕事をしているんだろう、と思った。身体《からだ》ばっかりレギュラーなみの、ずっと補欠のラグビー部員だったかんちゃんは、入社試験を一つしか受けずに、そこを落ちたらラグビー部の監督になるのだと決めていた。三月生れのかんちゃんは三人のうちで一ばん年下で、それを言うといつもすごく怒る。

「『噴水の天使』が俺より上手い奴《やつ》は絶対いないね。断言するよ」

やっと口がきけるくらいに肺機能が回復したかんちゃんは、心から満足そうに言って笑った。

曇った日曜日のたっぷりの昼食を、私たちは熱々のとりそばでしめくくった。三人とも、おそばをふやかすことは忌《い》むべき大罪のように思っているので、この時ばかりは無口になって、湯気に顔をうずめてひたすら啜《すす》った。おそばはなめらかで細かった。濃い目のスープはねぎの甘みがでて、じっくりと煮込まれた鳥はほろほろにやわらかい。黙々と食べながら、それがあんまり自然だったので、私は喉《のど》がゴロゴロ鳴った。私たちのリズムだ。学校の食堂や駅前の屋台で、いつも空気はこんな風だった。おいしくて気持ちよくてめまいがする。

きっちり三等分にしてお勘定をすませ、私たちはその店をでた。入ってきた時と同様、店に他のお客の姿はなく、把手《とって》が脂《あぶら》ぎった重たい扉をあけると外はまだあかるくて、私たちはなんだかちぐはぐな気持ちになった。

「今何時」

奇妙な違和感にとまどいながら私が訊《き》くと、二人ともほとんど同時に、四時十分前、と答えた。中途半端な時間。坂の下から弱い風がふいてくる。

光一朗もかんちゃんも車で来ていたけれど（そしてもちろん、送ろうかと言ってはくれたけど）、私たちはそこで別れることにした。どっちみち、一人ずつそれぞれの場所に帰らなければならない。

「今度はいつ会おうか」

曖昧な空をみながら、三人ともほとんど同時に口をひらいた。

「忘年会だな、次はやっぱり」

かんちゃんが言い、私たちは思わず（言った本人でさえ）黙ってしまった。忘年会。まだやっと九月のまんなかだ。

「ま、あっというまだよ」

光一朗が軽やかに言い、私たちはならんで、緩い坂道をぶらぶらとおりる。夕方のあかるい空気に、とちの枝がゆれていた。

災難の顚末《てんまつ》

うす目をあけると、ぼんやりした水色がひろがる。頭を少し動かすと、今度は白が滲《にじ》んだ。焦点のあわないストライプ。私はそのやわらかい枕《まくら》の下に、両手をゆっくりさし入れた。ひんやりとして気持ちがいい。お腹《なか》がすいていたので、もう午後なのだと判《わか》った。おもてで電気のこぎりの音がする。ななめ向いの家の改築工事の音。私は半分眠ったまま、意識の遠くで晴れた空を察知する。大工仕事の音は、晴れた日にしかこんな風に長閑《のどか》にひびかない。

手足が少し熱をもっていて怠《だる》い。きのうのお酒が残っているのだ。私はこの怠さが嫌いではない。原稿はできているし、電話のスイッチは切ってある。空腹で目がさめてしまうまで眠るという快楽を、ひさしぶりに貪《むさぼ》った。みちたりた気持ちで、私はぐたりと寝返りをうつ。

あれ。右足が変だ、と思った。はちはちに張りつめていて、なんだか上手《うま》く動かない。横向きに寝た姿勢のまま、足だけばたりと動かしてみる。ばたり。ばたりばたり。肌掛けとシーツとの隙間《すきま》の、親密な空気がかきまわされる。眠りの皮膜はたちまちはがれ落ち、かなしいほどすんなりと覚醒《かくせい》していく意識の中で、右足の違和感はもはや疑いようもなかった。

いつもに似ぬ勢いで起きあがり、両足を揃《そろ》えて床に立つ。蹠《あしのうら》がつめたい。すんとした袋形のねまき——白いサッカー地で何の飾りもなく、敦也が不満をこめて「衛生服」と呼んでいる代物《しろもの》——の裾《すそ》からつきだした二本の足は、一目見て愕然《がくぜん》とするほど左右のバランスを欠いていた。むくむ、などというなま易しいものではない。右足は左足の優に一・五倍の太さがあり、足首などどきれいさっぱり消えうせて、白く張りつめた皮膚は今にもはちきれんばかりである。私は心の中で悲鳴をあげた。なにごとなの。

「衛生服」の裾を腰までまくりあげ、自分の足に一体何が起きているのか調べるべくベッドに腰かけて、私は二度目の悲鳴をあげた。

右のふくらはぎ一面に、びっしりと赤い斑点《はんてん》ができている。すきまなく、ほんとうにびっしりと。その、直径五ミリくらいの無数の斑点は、蚊にさされたみたいにくっきりと赤く、律気《りちぎ》に小さくふくらんで、まわりがいちいち薄い赤でぼかすように縁どられていた。ふくらはぎを覆《おお》いつくす二重丸たち。私は、恐怖のあまり、見開いた両眼をしばらくそこから逸《そ》らせなかった。

こわごわ触ると熱をもっていて、ひやりとした手のひらの感触さえ、かすかな痛みを伴った。まるで、斑点たちが声のない声で、てんでにきゅうきゅう悲鳴をあげているみたい。なんて醜いんだろう。可哀相《かわいそう》な私の右足は、脛《すね》側が蒼白《そうはく》でふくらはぎ側がまっ赤という奇妙なオセロ駒《ごま》状態のまま、腫《は》れあがれるだけ腫れあがってじっと苦痛に耐えている。

よく見ると、斑点は太腿《ふともも》にも数箇所、左のふくらはぎにも数箇所、そして腕の内側やお腹にも数箇所できていた。ぽつぽつと赤い、熱くて小さな二重丸。

「なにごとなの」

今度は声にだして言った。ホラー映画みたいな昼下り。

一條さんは、窓際《まどぎわ》の席でレモンティを飲んでいた。私を認めると、目だけで微笑してみせる。麻のスーツの衿元《えりもと》にのぞく、オレンジのスカーフと華奢《きゃしゃ》な金の首かざり。

「こんにちは」

いかにもおっとりと言う一條さんは、小さな出版社で五年来私の担当をしてくれている。原稿の入った茶封筒を渡すと、このあいだのエッセイも好評でしたよ、と言って微笑《ほほえ》んだ。肩の少し下で切り揃えられたまっすぐの髪が揺れる。

「今日子さんの文章、リズムがあるから」

私は曖昧《あいまい》にわらった。ガラスごしに、夕方の新宿が見える。一條さんは誉《ほ》め方の上手な人で、いつもなら、この人のこういう言葉は私をすぐに嬉《うれ》しがらせる。いつもなら。

私は神経の二パーセントをフル回転させて、微笑んだり相槌《あいづち》を打ったり、コーヒーをかきまわしたり窓の外を見たりしていた。残りの九十八パーセントはすべてテーブルの下、ベージュのパンツに包まれた、はちはちの右足に集中させたまま。

「何食べましょうか」

一條さんが訊《き》く。私たちはどちらも食べることが好きで、仕事を口実に、会えばきまってごはんを食べにいく。原稿の受け渡しだけならFAXでも済むのだが、わざわざ会うのはむしろそのためなのだった。

「ごめんなさい。きょうはちょっと」

食欲なんて全然ない。薄い木綿の布で隠されてはいても、あの醜く腫れた赤いふくらはぎを、私はありありと心に見ることができた。マキロンをしゅうしゅう吹きつけて、そのつめたさが消炎作用を持つことを祈りながら、ストッキングなしでパンツをはいてきた。

「わかった。敦也さん？」

いたずらっぽい目になって、一條さんが言う。

「ん。まあね」

彼女とは、プライヴェートな話もわりとする。年齢が近いし、二人とも独身でまずまずの収入があり、恋人一人と猫一匹所有、という身辺状況が似ている上、家が近いので、一條さんはなにくれとなく私の世話をやいてくれる。新じゃが煮たからおすそわけ、とか、あした銀行にいくけど用事ない、とか。美人でやさしい、頼れる編集者なのだ。

「ふうん」

にやにやして、一條さんは私を見る。

「いよいよ決断かしら？」

ここ一年、敦也は私に求婚し続けてくれているのだ。敦也のどこが好きって、そんな風にがまん強くて気のながいところ。でも今は、そんなことでやにさがっている場合ではない。

「そんなんじゃないけど」

力なくわらって、私は立ちあがった。

「ほんとにごめんなさいね。今度またゆっくり」

伝票に手をのばすと、一條さんはおそろしい速さでその紙きれを奪いとり、にわかに編集者の顔つきになって、

「ここはこちらで」

とすまして言った。私はそこに立ったまま、レジに歩く一條さんの、さっそうとした後ろ姿を見送った。彼女の健やかできれいなふくらはぎから、どうしても目が離せなかった。


「はしか、ねえ」

電話口で母は考えこんでしまった。

「水疱瘡《みずぼうそう》ならやったわよ」

それは私も覚えている。

「はしかのことを訊いてるのよ」

マキロンは、効かなかった。服をぬいでそれを確認した瞬間の、あの失望と、あの嫌悪《けんお》。しかし、それは服をぬぐ前にすでにわかっていたのだ。コットンパンツは右足だけ窮屈で、膨張した肉塊はその中で苦し気に熱い息を吐いていた。歩くという緩やかな運動にさえ適応しきれずに、一歩ごとに皮膚がはじけそうな気がした。

「やったんじゃないかしら。ほら、三日ばしかっていうの？　あれをあなた、やったような気がするわ」

「……それ、はしかとおなじなの？」

さあねえ、と言って母はまた考えこんでしまう。

「それとも、三日ばしかをやったのはなっちゃんで、あなたがやったのは風疹《ふうしん》だったかしら」

「…………」

なっちゃんというのは二つ年下の妹で、結婚して、今は大阪に住んでいる。

「それとも、風疹は三日ばしかの別名だったかもしれないわね。ああ、たしかそうよ。そんな気がしてきた」

母の「それとも」は果てしなく続く。私は受話器を耳にあてたまま、聴覚のスイッチをオフにした。母の声は音になり、世界は閉ざされて輪郭が歪《ゆが》む。腫れあがったふくらはぎだけが、妙にいきいきと自己主張している。ココニイル、ココニイル、ココニイル。別の生き物みたいだ、と思った。これは私の足なんかじゃない。

「いいわ、もう」

ついため息をついて言うと、母はたちまち機嫌を損ね、

「だいたいね、不摂生ばかりしているからよ」

と、私のいちばん嫌いな言い方をする。だいたいね、であさっての方向から結論をひっぱってくるのは、母親という人種の悪癖だと思う。

「もういいって言ってるでしょう」

私は、片手で顔を半分覆った。これ以上いじめないでよ。電話を持ったまま台所にいき、冷蔵庫からオレンジジュースをだしてコップにつぐ。

「もう切るわ。お父さんによろしく」

「今の音、あなたお酒飲んでるの？」

いいえ、とだけ私はこたえた。いいえ、切るわね、おやすみなさい。

「……今日子？」

ちゃんと病院にいきなさい、と母は言った。そして一瞬沈黙したあとで、

「水疱瘡をやったのはたしかなんだけど」

と、なお言い訳のようにつけたした。

　翌日私は病院に行った。何科にいくべきかわからなかったので、とりあえず知人が看護婦をしている、内科・小児科・レントゲン完備、という病院にいく。きのうにくらべ、右足はますます腫れてますます熱く、一つ一つの斑点の先が白く小さな膿《うみ》をもってとがっていた。ふくらはぎにシーツがこすれるだけで、不愉快な痛みにひっぱたかれた。浅い眠りはひどく濁っていて、私はべったり寝汗をかいた。暗く陰気な待ち合い室にすわったまま、スカート——てろんとした化繊の、丈の長い花柄の——の下に手を入れて、カッカと呼吸しているおできたちに触る。怪物だ。ぞっとして、恐怖よりも憎悪《ぞうお》が湧《わ》く。私は、頭の中も心の中も自分のふくらはぎで一杯にしながら、譬《たと》えようもなく情ない気持ちでいた。不安や恐怖よりずっと強く、ずっといやらしく、情なさが私を支配していた。待ち合い室の雰囲気ひとつにびくびくして、安っぽいビニールレザーの長椅子《ながいす》の、すわり心地だけでかなしくなって。

　あいにく知人は休みだったが、小さい病院なのにちゃんと別の看護婦がいて、禿《は》げた年寄りの背の高い医者が診察してくれた。診察は三分で終わり、皮膚科でないから判らぬ、というのが結論だった。

「はしかでないことは確かだな」

と、半分笑って医者は言った。医者の笑顔は、私の気持ちをちっとも軽くしない。

「毒虫かもしれんよ」

急に近所の爺《じい》さんみたいな口調になって言い、医者は眉《まゆ》をひそめる。

「毒虫?」

それは特定の虫だろうか毒をもった虫の総称だろうか、と思いながら訊き返すと、爺さんはそれには答えずに、

「あるいは何かのアレルギーかもしらんな」

と言った。

「前の日に食べた物が原因ということもある」

無責任に言いながら、彼は石鹸《せっけん》でばか丁寧に手を洗い、それが私を途方もなくかなしくさせる。汚いものみたいに、と心の中で言い、だって汚いものだもんなあと自分を茶化したら、いきなり涙がでてしまった。どっとばかりにたくさん。自分でもびっくりしたが、両眼から熱い水がどんどんふきだすのを、とめようもなかった。

爺さんは驚いたようだった。

その皮膚科はビルの二階にあり、待ち合い室の狭さは午前中に行った病院の比ではなかった。部屋の中央に太くて白くて四角い柱があって、患者はみんな、その柱をとり囲むような形ですわる。小さなキャンプファイヤーみたい。柱には、麻薬撲滅のポスターと、エイズの検査は簡単です、というポスターが貼《は》ってある。

皮膚科の患者には子供が多い。母親におぶわれているような小さな子から、うつむいて、イヤホンのリズムに没頭している高校生まで。みんな平気な顔をしているけれど、裸になればどんなに醜悪な皮膚が露呈されるかわかったものじゃないのだ。膿《う》んでいるとか、ただれているとか。皮膚病、という言葉には、他の病気にない陰湿さがあると思い、思ったとたんに、私はますます惨《みじ》めになる。うつむくと、パステルピンクのビニールスリッパに、病院の名前が金色で刻字されていた。

待っているあいだ、おととい食べた物を思いだすことにした。そうすれば少しは気が紛れるし、あとで医者に質問されても即答できる。おととい――それはとても遠いことのような気がした――おととい、私は何をしたのだったろうか。ふくらはぎがまだ滑らかだった頃（それにしても、本当にそんな頃があったのだろうか）。私は、遥《はる》か太古の記憶をたぐりよせるようにして、おととい食べたものを思いだしてみる。
朝　トマトジュース、コーヒー。
昼　アイスクリーム（仕事中だったので）。
それから午後じゅう、コーヒー、コーヒー、またコーヒー。
夜　フランスパン一切れ、水、きゅうり一本、トルティーヤ・チップス1/2袋（まだ仕事中だったので）。
夜中　白ワイン、貝のワイン蒸し、サラミののったピザ、アスパラガスサラダ、ケーキ二つ（敦也のぶんも）、そうして、ジン・トニック、ジン・トニック、ジン・トニック。
おととい、私はたしかにまだあちら側にいた。平和な気持ちでお酒を飲んでいた。
敦也と私の共通項はお酒だ。とくにジン・トニックは大好きで、バケツで飲みたいねとうそぶいている。三年前、初めて会ったときも私たちはお酒を飲んでいた。敦也がブランデー、私が梅酒の、それぞれロックだったと思う。先に口をきいたのは敦也で、こんなところで梅酒だなんて勿体《もったい》ない、と大きなお世話をやいたのだった。私たちは飛行機に乗っていて、通路をへだてて隣りあっていた。

「飲みっぷりがいいみたいだし、普段飲めないようなさ、高い酒飲んだ方がいいよ、どうせなら」

私は読んでいた雑誌に目をおとしたまま、でもこれが好きなの、とか何とか答えたと思う。

「でもさ」

敦也はひきさがらない。

「きみも酒好きの人間なら、あらゆる酒を試してみるべきだよ。味覚の見聞をひろめるっていうかさ」

熱心な口調につられて雑誌から顔をあげると、丸顔の、まるで学生みたいに子供っぽい男が私をみつめていた。味覚の見聞。

「……私は、飲みたいものだけを飲むのがお酒飲みだと思うわ」

「いや、でもさ」

水かけ論になり、成田に着くまでに何杯飲めるかで決着をつけよう、と提案したのが敦也だったか私だったか(今でも時々私たちはこのときの話をするが、どちらも自分ではないと言い張っている)、ともかく賽《さい》は投げられて、成田に着いたとき、どちらも意識ははっきりしていたが、上手《うま》く歩けなくて困ったのだった。

そして、あくる日の夜には、都内のホテルでまた一緒に飲んでいた。

「真下《ましも》さん」

受けつけの人に名前をよばれ、私はイヤホンをつけた高校生の横をすりぬけて、診察室の扉をあけた。いい風。正面の窓があいている。

「どうしました」

女の人の声。プロボウラーとかプロゴルファーとか、なんだかそんな感じのする若い女の人が、白衣を着て机の前にすわっていた。木製の、重厚な造りの大きな机。深爪《ふかづめ》ぎりぎりまで切った爪に、ずいぶん派手なエナメルを塗っている。

「あのう」

男の医者より女の医者に見せる方が勇気が要る、と思うのは私だけだろうか。

「きのう朝起きたらこんなことになっていて――」

私は茶色の小さなスツールに腰かけて、べらべらした化繊のスカートをめくりあげながら言った。

「うわ、こりゃひどいわね」

女医は露骨に顔を歪めて言い、濃いピンクに塗られた、短い爪の短い指で、私のふくらはぎを数箇所おさえる。

「ちょっと失礼」

口の中でぼそりと言うが早いか、女医の手はスカートの奥にのび、太腿《ふともも》のつけ根を強く押した。

「ちょっとぐりぐりするわね」

「ぐりぐり？」

「動物飼ってるでしょう。これノミよ、動物の」

手をひっこめてスカートを下ろし、女医はさばさばと言う。

「それにしてもひどくやられたわね。こんなんなるの、珍しいわよ」

ノミ。ノミ。私は心の中でその単語をくり返す。

「ノミ？　ノミでこんなんなっちゃうんですか？　だってこれ、ふくらはぎだけで九十一個も湿疹があるんですよ」

「九十一箇所さされたんでしょ」

女医は事もなげに言う。私はどうしても信じられなかった。これがみんなノミの仕業だなんて。

「だって痒《かゆ》くないですよ」

そりゃあそうでしょう、と女医は言った。これだけ刺されれば、ちょっとした衝撃だもの、怪我《けが》だもの。

「……………」

「お薬だしとくから、まずノミ退治ね。三日後にまたいらっしゃい」

呆然《ぼうぜん》としている私に女医は言い、母親のマニキュアを勝手につけた子供のような指先で、手際《てぎわ》よく処方箋《しょほうせん》を書いてくれた。


ノミ。ノミ。

帰るみちみち、私はまるで他の言葉を全部忘れてしまったみたいに、その言葉ばかりくり返していた。電車の中でも、バスの中でも。声にださずにくり返したので、言葉は捌口《はけぐち》を失って私の中に蓄積し、私はまるで、何万匹ものノミを頭の中に放しているような気持ちになった。きっと、うちに帰りつく頃には、脳味噌《のうみそ》の襞《ひだ》までノミでいっぱいになるに違いない。

それにしてもこれは信じ難いことだった。たしかに私は猫を一匹飼っている。飼ってはいるが、ウイスキー（というのが彼女の名前だ）は出来の良い猫で、断じてノミと馴《な》れあいになるようなはすっぱな猫じゃない。太ってはいるが、金色の眼をもつとびきりの美猫で、漆黒の毛なみはつやつやのふわふわ、抱きしめればサムサラの匂《にお》いがする。毎週、サムサラのボディ・シャンプーで洗ってやっているのだ。それに彼女自身清潔好きで、しょっちゅう毛づくろいをするし、部屋の中で粗相をしたことなど一度もない。病気のときでさえ、ちゃんと外にでて済ませてくるのだ。ウイスキーはプライドが高いし、とてもかしこい。私をノミにくわせるなんていうことを、彼女がするはずはなかった。第一、猫なら子供の頃から飼っている。母が大の動物好きなのだ。それも、ウイスキーのように上等な猫ばかりじゃなく、ぼろぼろに汚れた野良《のら》猫や、片眼のつぶれた哀愁猫や、母ときたら何だって見境いもなく拾ってきたものだ。それでも、二人の娘は滑らかな肌のまま、ちゃんと成人したではないか。

ウイスキーは、いつものようにベッドの上でまるくなっていた。斜めに日のさしている部屋で大儀そうに首だけもちあげて、おかえりなさい、と金の眼で言う。遠くで工事の音がきこえる。

「ウイスキー」

私は、靴をぬぐとショルダーバッグをその場におろし、ずかずかと彼女に歩みよる。

「いい子ね」

ベッドの傍にひざまずき、私はまずウイスキーをやさしくなでた。つやつやの毛並み、ビロードの手触り。ウイスキーはごろごろ喉《のど》を鳴らす。

「いい子ね」

もう一度言って、今度は片手で彼女の首をおさえた。お腹《なか》の毛をかきわけてノミをさがす。サムサラがふわりと漂った。ウイスキーはびくんと体をふるわせて、首の手をはなしてよ、と全身でいやいやをして訴える。私は手の力をゆるめなかった。ウイスキーは、こんな屈辱は初めてだ、と思っているに違いない。なあなあとか細い抗議の声をだす。

最初に見つかったのは、ノミではなかった。ノミよりももっと小さい、黒い点々。こまかく挽《ひ》いた胡椒《こしよう》くらいの点々が、ウイスキーの体じゅうにばらまかれていた。それがノミのふんだとわかったとき、私は愕然《がくぜん》として口もきけなかった。ノミがいる。ノミがいるのだ。反射的に一歩とびのき（ウイスキーは跳ね起きて、飛ぶように走って部屋のすみに避難した）、その場にへたりこむ。からだ中の力がぬけていくようだった。

どのくらいそうしていたのかわからないけれど、気がつくと五時をすぎていて、すでに改築工事の音もやんでいた。部屋のすみから怯《おび》えた顔つきで様子を窺《うかが》っていたウイスキーも、熱さは喉元をすぎたとふんだのか、まるくなって眠っている。私は急に猛然と食欲を感じて立ちあがった。考えてみれば、きのうの朝から碌《ろく》に何も食べていない。

台所にいくと、私は黙々とサンドイッチを作った。胚芽《はいが》入りの食パンにバターとマスタードをぬりつけ、肉屋さんで薄く薄く切ってもらったハムを五、六枚、一枚ごとにサラダ菜をいれてはさみこむ。そのあいだにも、トルティーヤ・チップスをばりばり食べた。ばりばり食べながら、大きなサンドイッチを二つ作る。それぞれ斜めに二つ切りにして、私は台所に立ったまま、何かに憑《つ》かれた人みたいな勢いでそれを全部きれいに食べた。途中で冷蔵庫からミネラル・ウォーターをだし、ゴブゴブ飲んでは、また食べた。ノミのこともウイスキーのこともふくらはぎのことも、なんにも考えていなかった。頭の中は空白で、私はその空白に、ひたすらサンドイッチをつめこんだ。

食べおわると、身内に力がたくさん満ちてくるのを感じた。そのまま財布をつかんでおもてにでる。私は近所の薬屋で、殺虫剤を二種類（スプレー式と燻煙《くんえん》式）とノミとり粉、ノミとり首輪と猫用シャンプーを買い込んだ。

「ウイスキー」

玄関をあけて呼ぶと、彼女はとたんに身構える。金色の眼がいっぱいに不安を湛《たた》えていた。

「そんな顔してもだめよ」

私はかまわず近づいて、狂ったように逃げるウイスキーを部屋中追いかけまわし、トイレのドアの前に追いつめた。

「おいで」

とってつけたような猫なで声をだし、私は、おののいて硬直しているウイスキーの上にがばりと覆《おお》いかぶさった。

なああ。

ウイスキーは、蚊の鳴くような声を絞りだす。

まず猫を洗った。ごしごしと念入りに。新しいシャンプーは、サムサラより泡立ちがよかったが臭かった。海草みたいな匂い。ウイスキーは、いつもみたいに目を細めなかった。少し寄り目ぎみの表情で鼻を緊張させ、ああ、猫はこうやって「眉間《みけん》に皺《しわ》をよせる」のだなと思った。にゃあとも言わずにじっとしている。

三回ほどシャンプーをしたが、ノミは見つからない。思いたって、ひきだしからプラスチックの櫛《くし》をだし、シャンプーをしながら、それでウイスキーの毛をすいてみた。根元から、丹念に。二、三度すいて手元を見ると、櫛の目に黒くて太ったノミが四匹、はさまっていた。神様！　私は心の中で叫び、涙ぐましい努力で落ちつきを保った。恐怖で櫛を放り投げないように――。

それにしても太ったノミだ。しかも、世にもふてぶてしい表情をしている。勿論《もちろん》顔が見えるわけではないのだが、何というか、ノミは全身で、悪魔のようなふてぶてしさを醸《かも》しだしていた。私は、挑むような気持ちで、櫛の目につまった不様なノミたちを凝視した。このいやらしい生き物が、私の右足をあんな風にしたのだ。あんな風に石榴《ざくろ》みたいに。私の血を――献血したときに血清値が高いとほめられた私の血を――すって、こんなに大きく太ったのだ。湧《わ》きあがる憎しみに殆《ほとん》ど目眩《めまい》さえ感じながら、私は一心に櫛をふるい続けた。ノミはどんどんとれる。どんどん、どんどん。

やっとシャンプーが済んだとき、私はあまりにもながいこと腰をかがめていたために、すぐには元の姿勢に戻れなかった。

掃除にも二時間半かかった。ベッドの下から下駄箱の中、テレビのうしろから床に積みあげてある本の山の隙間《すきま》まで、私はくまなく掃いて、雑巾《ぞうきん》がけをする。驚いたことに、注意して見るとあちこちにノミのふんが落ちていて、そのたびに私は鳥肌がたち、逃がさないぞ、絶対に逃がさない、と、心を血走らせる。

次は洗濯である。シーツ、カーテン、枕《まくら》カバー。パジャマ、バスタオル、更紗《さらさ》のベッドカバー。洗濯機を四度もまわし、布という布はみんな洗った。ついでに着ていたものをすべて脱ぎ、それも一緒にさっぱり洗う。嵐《あらし》のような夜だった。バスタブにお湯をはり、自分の髪や体も普段より念入りに洗って、お風呂《ふろ》から上がるともう朝になっていた。カーテンのはずされたベランダの窓から、グレーの空が見える。私は濡《ぬ》れた髪のまま、Tシャツ一枚でベランダにでた。涼しくて清潔な朝の空気。遠くの緑が、水を含んだ色で揺れている。えもいわれぬ充実感。人心地がつく、という言葉をはじめて実感した、と思った。ノミは退治したのだ。

なああ。

ガラス戸の内側でウイスキーが鳴く。トイレにいきたいから開けてちょうだい、という合図だ。きのう一日、閉じこめっぱなしにしてしまった。

なあああ。

大きな口。文句を言っているのだ。小さな頤《おとがい》にはえた、ぎざぎざの小さな歯。美猫に似合わぬ、ちゃちなゴム製のノミとり首輪がかなしかった。随分可哀相なことをしてしまった。私はにわかに胸をしめつけられ、ガラス戸をあけてウイスキーを抱きあげる。もうサムサラの匂いはしなかった。かわりに、黒いふわふわの体から、重曹に似た匂いと海草の匂い、そして首輪にぬられた薬品の、安手のマシュマロのように甘ったるい匂いが漂った。

なあん。

ウイスキーは身を捩《よじ》って私の両腕を拒否すると、コンクリートにどたんと着地した。鉄柵《てつさく》をすりぬけて、グッドバイとばかりに、夜明けの町にとびだしていく。

三日後に再び皮膚科に行くと、ふくらはぎの腫《は》れは完全にひいていた。薬が効いたらしい。NF121と書かれた白い錠剤と、透明感のある乳白色の塗り薬。依然として赤い斑点《はんてん》は残っていたが、外側の薄い赤が消え、もう二重丸ではなくなった。さらに十日分の薬をもらう。女医の爪は、きょうもどぎついピンクだった。

うちに帰ると敦也が来ていた。床にごろりと寝そべって、缶ビールを飲みながら雑誌をめくっている。

「どうしたの」

ほんとうに思いがけなかったので、ほんとうに思いがけない、という声をだして私は言い、敦也は背中をむけたまま、どうしたのじゃないだろ、と不機嫌に言う。はだしの足先が、可笑《おか》しいほど白い。すぐそばに、紺色の靴下がまるまっておちている。

「何度も電話したんだぞ。聞いたんだろ、留守電」

そういえば、と私は心の遠くで思う。ノミに刺されてからの五日間、電話はずっと留守ボタンを押したままだった。

「どこ行ってたんだよ」

ぺらり、と音をたてて雑誌をめくる。

「それとも居留守ですか」

雑誌なんか読んでもいないくせに、と思った。拗《す》ねた顔が見えるみたいだ。

「ごめんなさい」

だってそれどころじゃなかったんだもの、とは言わずにおいた。敦也の後頭部がとてもなつかしく、いとおしかった。網戸から弱い風が入る。敦也のことなんて、すっかり忘れていた。そうか、きょうは土曜日か。

「浮気してると思った？」

床に膝《ひざ》をつき、頭をぎゅうぎゅう抱きしめながら言うと、敦也は苦笑する。

「ばーか。死んでるんじゃないかと思ったんだよ。転んで頭打ったとか、風呂ん中で寝て溺《おぼ》れたとか。ほら、よくあるだろ。ひとり暮しの老女、死後一週間発見されず、とか」

……この人は私を何だと思っているのだ。

「老女?!」

それでも、私はやっぱりほっとした。私が転んで頭を打って死んだり、お風呂で眠って死んだりしたら、この人がちゃんと見つけてくれるのだ。

凍らせたウォッカを飲みながら、私たちは早目の夕食にした。敦也の茹《ゆ》でたスパゲティ、敦也の作ったトマトソース。敦也がスパゲティを作るとき、私の役目はおろし金でチーズをおろすことと、ピクルスを細かく刻むことだけである。TVのニュースは、私たちの気に入りのBGMだ。ボリュウムを最小にしぼってつけておく。画面が空虚に色褪《あ》せて、おもちゃみたいでおもしろい。

ああ、食った。敦也が椅子《いす》にそっくりかえり、大蒜《にんにく》臭い息を吐く。

「日がながくなったな」

ベランダごしに見る空は、まだ明るい夕方だった。六月の夜のとばり。

お皿を運ぼうとした私の腰を、敦也がすわったまま抱きすくめる。

「風呂に入ろう」

私のお腹に顔をうずめて敦也が言い、その瞬間に、私は全身が硬直した。お風呂。

お風呂。そうだった。すっかり忘れていた。私たちはいつも一緒にお風呂に入るのだ。

「すぐ……」

大袈裟《おおげさ》ではなく、声が少しふるえた。

「すぐにいれるわ」

敦也の頭を押しやって腕をふりほどき、こんなに動揺している自分に驚いた。

「ゆっくり入って」

台所に歩きながら、できるだけなんでもなさそうに言う。実際なんでもないことではないか。こんなに動揺するなんてばかみたいだ。

「それ、一人で入れってこと？」

敦也が不満そうに言い、私は食器を流しに置いて、水をだした。お皿に残ったトマトソースがまわりに跳ねる。右のふくらはぎだけで九十一個の赤い斑点。太腿《ふともも》にもお腹にも腕の内側にも、ぽつぽつと赤く、まるくふくらんで——。自分で見たって鳥肌がたつのだ。冗談じゃない。

「そういうこと。HELP YOURSELF」

カラ元気をふりまわしてそうこたえると、耳のうしろに生温い息がかかった。ふり返ると目の前に敦也が、両手に食器を持って立っている。

「なんだよ。まだ生理じゃないだろう」

敦也は甘えた声で鼻をならし、背中に覆いかぶさってくる。ちょっとちょっとあぶないでしょう、と言いながら、私は体をねじって食器だけ受けとると、さっさと洗い物を始めた。毛穴の一つ一つが敦也の視線を意識する。私は、全身が右のふくらはぎになったような気がした。背中がおそろしく緊張する。怒濤《どとう》の如《ごと》き危機感——敦也は見かけによらずワイルドだ——で、心臓は壊れそうだった。ごわごわしたジーパンは、まるで私の貞操帯だ。

敦也がしぶしぶ台所をでていったとき、私はほっとすると同時に——というよりほっとする間もなく——うんざりしてしまった。お風呂の危機が去ればベッドの危機だ。しかもそれは一晩中続く。今夜を切り抜けてもあした、あしたを切り抜けてもあさってが、確実に待っているのだ。めんどくさいったらない。

別れよう。そうすれば即解決だ。

ほんの一瞬だったけれど、そう思った。そう思って、自分でびっくりした。安易すぎる思考回路をさすがに反省する。敦也とは、結婚さえ考えているのだ。敦也はやさしい。人生に前向きだし、頼りにもなる。だいたい私は短絡的で、随分と軽率だ。反省材料はいくらでもあるので私は滞りなく反省を済ませ、それでいて頭の芯《しん》では、別れようと思ったという今さっきの現実が、妙にはっきりと記憶に刻まれるのを感じていた。

今日は帰るわ。敦也が、リビングからぽつりと言った。

翌朝、私は悲鳴と共に目をさました。ノミの夢を見たのだ。たくさんのノミが顔の上を這《は》い、声をだそうとして口をひらくと、口の中にも入ってきてしまう。私は悲鳴をあげ、夢の中で半狂乱になってつばを吐いた。指を舌の奥につっこんで、飛びこんできたノミを必死でかきだそうとする。そうしながら目がさめて、私はぐしゃぐしゃに泣いていた。夢だと判《わか》っても、口の中の不快感は拭《ぬぐ》えずに、嗚咽《おえつ》が恐怖でひきつってしまう。私は両手で顔を覆った。

しばらくそのままじっとして、夢の感触が波のようにひくのを待った。こんな夢をみることが判っていたら、昨夕《ゆうべ》のうちに自殺していたのに——。汗や涙や唾液《だえき》でべたべたの顔のまま、苦しい嗚咽の下で心からそう思った。

両手からおそるおそる顔をあげ、安堵《あんど》と疲労のため息をついて髪をかきあげた瞬間、私は夢よりも怖いものを見た。左の腕の内側が、肘《ひじ》から手首にかけていちめんに、赤い二重丸に覆われている。熱をもって腫れ、まぎれもなくこの前のふくらはぎと同じ二重丸だ。

そんなばかな。

夢に違いないと思った。絶対に夢の続きに違いない。しかし私の凝視をものともせずに、二重丸は二重丸のまま、堂々とそこにあり続けた。白くてやわらかい、どちらかというと肉づきのよい私の腕の内側に。

私は般若《はんにゃ》の形相をしていたにちがいない。ノミへの憎悪《ぞうお》のあまり、ほとんど気絶しそうだった。肌掛けを跳ねのけ、四つん這いになってノミを探す。シーツの皺《しわ》をのばし、枕をカバーからひきずりだし、更紗のベッドカバーの糸を、一本一本爪《つめ》でひっかいて。しかし、みつかったのはノミのふんだけだった。ノミたちは、人を愚弄《ぐろう》し、嘲《ちょう》笑《しょう》するようにたくさんふんをしている。殺してやる殺してやる殺してやる。かならず全部つかまえて、一匹残らず殺してやる。

私はゆっくりベッドから降りた。現実のようにリアルな悪夢の次は、悪夢のようにグロテスクな現実だったというわけだ。一体どっちが私の住む場所なのだろう。憎しみだけが音もなく私の体に浸透し、汚らしいノミたちも、平気な顔でノミをばらまくウイスキーも、ちっとも役に立たないノミとり粉もノミとり首輪もシャンプーも、それを売りつけた薬屋の親父《おやじ》も、そしてこういう思いを知らずにのんしゃらんと生きている他のすべての人たちも、みんなみんな憎くて死にそうだ、と思った。みんな憎くて死にそうだ。

私の生活は、ノミとの戦いが第一義となった。掃除と洗濯と猫のシャンプーは毎日くり返され、私はどこに行くにもスプレー式の殺虫剤を持ち歩いた。すわる前には椅子のまわりにスプレーし、寝る前にはベッドの中にスプレーし、トイレに入るときにはトイレにスプレーをして入る。十日分の塗り薬は四日でなくなり、新しく貰《もら》いにいくと、女医は畏怖《いふ》と同情のないまぜになった目で私の腕を見て、猫を何とかしなさい、とだけ言った。私は肌をだすのが怖くてたまらず、つねに長袖《ながそで》長ずぼん、ずぼんの裾《すそ》は厚手の靴下の中に入れる、という格好で生活していた。六月も半ばをすぎるとひどく蒸し暑い日があって、そういう日には早々と冷房をいれてしのいだ。

驚いたのは、ウイスキーに対して拒否反応を示すようになったことで、私は一日一回シャンプーをしてやるときの他、彼女に触りもしなかった。あの黒くてやわらかなたっぷりした体——懐《ふところ》深く無数のノミを擁した——を抱きしめることなど、考えただけで身の毛が弥立《よだ》つ。かつてそのふわふわした物体を愛撫《あいぶ》し、頬に触れる毛の感触をたのしんだ、という記憶だけで吐き気がする。それも理性のレベルの話ではなく、生理のレベルの話なのだ。彼女の方でも、そんな私の、手の平を返した豹変《ひょうへん》ぶりや殺気立った気配におそれをなしていて、まったく近寄ってこなかった。子猫のときから一緒に眠ってきた猫と飼い主だなんて、一体誰が信じるだろう。ウイスキーの存在は、私にとって今や恐怖以外の何者でもなかった。だから彼女を外にだすとき、このまま帰って来なければいいのにときまって思う。従順な飼い猫のウイスキーは、しかし規則正しくいつも御帰宅あそばした。

私のエネルギーはすべてノミとの戦いに――あるいはノミへの強迫観念との戦いに――費やされたので、仕事は必然的におざなりになった。とりあえず、原稿用紙の枡《ます》目《め》を埋めきれれば上等というありさまで、二本渡して一本ボツは、むしろ幸運(というか逆に憤慨すべき)だった。私は手足の湿疹《しっしん》を見るたびに、この醜いぶつぶつが消えるなら、他になにもいりません、と思った。すべすべの肌になってまた恋人と抱きあえれば、他になんにもいりません。滑らかな肌にくらべたら、文章のリズムとか言葉の美しさとか、今まで何よりも大切だと思ってきたものは、みんなまったくどうでもいいものなのだった。その認識は、私の人生をほとんど転覆させてしまう。

留守番電話には、毎日のように敦也の声が録音されていた。乞《こう》御連絡。彼はそのつど違う方法で、結局のところおなじ言葉をくり返す。乞御連絡。ときに怒った声で、ときに傷ついた声で。私はそれを、悲しくもなければ嬉《うれ》しくもなく、別に申し訳なくもない気持ちで聞き流す。奇妙なことに、滑らかな肌になって恋人と寝たい、という私の切実な願いは、敦也とは何の関係もないものなのだった。

猫を洗っても洗っても、ノミはいなくならなかった。おなじ部屋のどこかにノミがいるのだ、と思いながら戦々恐々として暮らす気持ちがどんなものか、どのくらい切羽つまってしまうものか、私は三十年ちかい人生の中で、一度も想像しなかった。こうしているあいだにも靴下の縫い目にひそんでいるかもしれない、と思っては服を全部はぎとって点検し、たった今膝《ひざ》にとびついたかもしれない、と思っては泣きそうになってシャワーをあびる。お願いだから私に近よらないでと、しまいにはノミに向かって懇願しているのだ。見えない敵に額《ぬか》ずかんばかりになって。

そして、ある日私ははたと気がついた。ウイスキーがノミを産むわけではないのだから、彼女はどこかでノミを貰って来るのだ。私がせっせと皮膚科に通い、薬を貰って来るように――。簡単なことだ。私が彼女に買ってやるべきだったのは、ノミとり粉でも首輪でもなく、猫用トイレとそこに敷く砂、それからたぶん脱臭剤だったのだ。ウイスキーが外にでなくて済むように、ノミたちが中に入らなくて済むように。

やりかけの掃除を途中で放りだし、私はペットショップまで自転車をとばした。とばしながら、心の中で呪文《じゅもん》のように唱える。何でもする、何でもする、何でもする。私は、必要なものをさっさと選び、いつも一旦《いったん》入ったが最後、三十分は長居をしてしまうその馴染《なじみ》の店を、五分でそそくさととびだした。檻《おり》の中の子犬や子猫に、ノミがいないはずがない。私は、一匹としてかわいらしいなどと思わなかった。おおこわおおこわおおこわ。動物はみんなノミ持ちだ。

予想どおり、ウイスキーは新しいトイレに見むきもしなかった。抱きあげて中に入れても、さも軽蔑《けいべつ》したようにふんと鼻をならしてとびだしてしまう。

「いいわよ。そうやって意地をはってなさい。絶対に窓は開けませんからね」

私は厳然として言い放つ。

「膀胱炎《ぼうこうえん》になっちゃうんですからね」

猫は涼しい顔をしている。

夜になっても、ウイスキーはトイレを使わなかった。部屋の隅でおとなしく寝ている。外にだしてちょうだい、というアピールも、無駄だとわかるともう二度としなかった。何て強情なんだろう。私は昼間の掃除の続きをしながら、横目で彼女の寝顔を睨《にら》む。

「こんばんはぁ」

チャイムに続いて軽やかな声がした。ドアをあけると、一條さんがにこにこして立っている。

「なにしてたの？　ひどい格好」

そう言うと靴をぬいでさっさと上がりこみ、掃除？　まあ、こんな時間に近所迷惑ですよ、としかつめらしく説教をした。

「はい、これ、おみやげ」

差しだされた茶色い袋には、つやつやとまるいさくらんぼが入っていた。

なあん。

ガラスに顔をこすりつけ、ウイスキーが途端に甘えた声をだす。

「あらあら、ウーちゃんお外にでるの？」

一條さんが猫に近づく。

「だめっ」

私は怒鳴った。自分でもぎょっとするくらい、とがった大きな声だった。

「だめよ。ウイスキーをださないで。だって、その、トイレを買ったの。しつけようと思って」

プラスチックの箱を指さして言い、それがまるで言い訳のように響いたことに、私は自分でイライラしてしまう。目をまるくして、一條さんはふり返る。

「なに? どうしたの? びっくりするじゃない、大きな声で」

一條さんはサラサラの髪を揺らして微笑《ほほえ》んで、仕事、煮つまっちゃったんでしょう、と言う。

「小沢さんが言ってたわ。今日子さんの原稿、期待はずれでボツにしたって」

くよくよしちゃだめですからね、と、一條さんは天使の声で言う。小沢さんにはわからないのよ、今日子さんの文章の、なんて言うのかしらねえ、瑞々《みずみず》しい感覚が。

瑞々しい感覚?! 何て陳腐な、なんて空虚な言い草だろう。だいたい、この人はなんだってこんなによく喋《しゃべ》るのだ。私のことをみんなわかっているみたいに。

「……でもね、ウーちゃんにやつあたりは可哀相《かわいそう》だわ。急にトイレを教えこもうなんて、無茶に決まってるじゃないの」

私は、外国語でまくしたてられている気分になった。紺のワンピースに白いタイツ、パールのピアスに細い金の指輪。一條さんは他所《よそ》の世界の人だ、と思った。

「第一、ウーちゃんは絶対お部屋の中で粗相をしないんでしょう? 今日子さん、自慢してたじゃない。それを今さら――」

私は、Tシャツの袖をめくって腕の湿疹を見せてあげたいと思った。ジーパンをぬぎすてて、いっそのこと裸で仁王立ちしてあげたい。

はっきりとわかったことがある。世界は大きく二分できるのだ。ノミにさされた人間の世界と、ノミにさされていない人間の世界と。

「今日子さん?」

一條さんは怪訝《けげん》なおももちで私の顔をのぞきこむ。

「どうかしたの? 疲れてるみたい」

私は非常な努力をして黙っていた。少しでも声を漏らせば、どなるか叫ぶか泣くか、あるいはその全部か、ともかくとりかえしのつかない醜態を見せることになるのがわかっていた。

「わかった。連載の今月分、まだなんでしょ」

あかるい口調で一條さんは言う。

「深夜の掃除に逃避?」

「……お願いだから」

私はノミに対するのとおなじくらい丁重に懇願したが、一條さんの耳には届かなかった。彼女は軽やかな足どり(と傷一つないふくらはぎ)で、台所に消える。

「コーヒーいれてあげますね」

お願いだから帰って、と、もう一度言う元気は残っていなかった。

私はそのまま外にでた。一條さんが部屋の空気を全部吸ってしまうので、これ以上あそこにいたら呼吸困難になるところだったのだ。エレベーターで下に降り、夜道をぶらぶら歩く。月が、満月に三日たりないくらいのまるさで頭上に鎮座している。行く場所もなく、帰るわけにもいかず、私はただやみくもに、そのへんを歩いた。夏の闇《やみ》は、湿気が多くて密度がうすい。

自動販売機で煙草《たばこ》を買って、電信柱に凭《もた》れて吸った。街灯に照らされた自分の影が侘《わ》びしくて、そのくせどこかコミカルだった。不良中学生みたい、と思った途端に淋《さび》しくなる。たて続けに四本吸った。

道路の反対側の公衆電話が目に入り、私は急に、敦也の声がききたくなった。がさつだけれど、決して乾いた感じではなく、温かみのある大きな声。

中折れ式の扉を押してブースに入り、カードをいれて、番号を押す。この時間、敦也はたぶんTVを観《み》ている。ジン・トニックをなめながら。文化人の政治討論とか、五十年も前の映画とか、敦也は深夜に流れる番組が好きだ。なんだか平和で、やすらげるのだという。その感覚は、私にはわからない。ただ、私はそういう番組を観ている敦也を見るのが好きだ。もちろん、ジン・トニックを飲みながら。なんだか平和で、やすらげる。

数字を四つ押したところでふいに嫌気がさし、私は手をとめて、受話器を置いた。けたたましいサイン音と共に、カードがにゅうっとおしもどされる。こんな風に行くあてのないときにばかり電話をするなんて、都合がよくてあさましい、と思った。ほんとうにあさましい。

ブースをでて月を見上げ、小さく息を吐く。敦也は私なんかの、一体どこが好きなんだろう。マンションに帰ると、一條さんはもういなかった。

注意深く調べたが、翌朝、部屋に粗相の痕跡《こんせき》はなかった。半ば予期していたことなのに、私はひどく失望した。トイレが嫌なら床でも、椅子《いす》の上でもベッドの上でもよかったのだ。どこでもいいから、どこかに粗相をしてくれていたら——。簡単なことではないか。赤ん坊でもできる。ちゃんと水を飲ませているし、閉じこめてあるのだ。そして、それにも拘《かかわ》らず、ウイスキーは尿意に屈しなかった。一晩中。

「何て強情なの」

私は言い、それはもう涙声になっていた。お前のトイレは外ですからねと、はじめに教えたのは私なのだ。部屋の中なんかでしたら許しませんよ。

ウイスキーは窓のそばをいったりきたりして、にゃあにゃあとけたたましく鳴いている。

「ばか猫」

私はしゃくりあげながらベランダの窓をあけ、とびだしていくウイスキーを見送った。隣の部屋のベランダに、鉢植えの朝顔が咲いている。あっさりした赤が目の中に滲《にじ》む。そのまま赤がぶわりとふくらんで、涙になってどんどん流れる。私はしゃがみこみ、両手で顔を覆《おお》って、感情を吐きだすみたいにして泣いた。喉《のど》や胸が、喘息《ぜんそく》の子供みたいにせつない音をたてる。

猫が好きだと思っていた。一体何だってそんな誤解をしていたんだろう。猫に対して抱いていた（つもりの）愛情なんて、こんなに簡単に、こんなにあっけなく崩壊してしまう。その程度のものだったのだ。ほんとうにその程度の。

部屋に入ると、何の音もしなかった。日々の掃除と洗濯のお陰できわめて清潔な、しかし撒《ま》きすぎた殺虫剤のせいで床が少しべたついているそのリビングルームにぽつんと立って、ウイスキーはここで一晩中、何を考えていただろうかと考える。自分の身に降ってわいたこの突然の災難を、彼女はどう思っているのだろう。飼主との愛の生活がただの幻で、すべては錯覚だったのだと、かしこい彼女はすでに悟っただろうか。私に愛情がなくなったわけではなく、はじめからそんなものはなかったのだと。

台所にいくと、冷蔵庫の扉にポスト・イットが貼《は》ってあった。

『大丈夫、今日子さんなら書けます』

余白に、にこにこ顔のマークがかいてある。私はすっかりしらじらしい気持ちになってしまった。なんて奇妙な伝言だろう。大丈夫、今日子さんなら書けます。大丈夫、今日子さんなら書けます。大丈夫、今日子さんなら——。

編集者としても友達としても、これはきっと彼女の心からのメッセージなのだ。それなのに、私には隣のベランダの朝顔の、鉢の縁を歩いていた蟻《あり》ほどの意味もない。メモの文字は、一つ一つがまるで象形文字みたいに、ただ珍しくて不思議な記号だった。ノミに刺されてからずっと、私のまわりには膜がかかっている。仕事だの一條さんだのは、膜の外側の話なのだった。

冷蔵庫から牛乳をだし、コップに半分程ついで飲む。冷たい液体が喉や胃に落ちて、私は目をつぶってその感じをたしかめた。牛乳だけが信頼するに足る現実だ、と思う。膜の内側でも、牛乳は現実だ。一條さんを好きだと思っていた。やさしくてきれいで優秀で、お互いにとても心をゆるしていると思っていた。空のコップをテーブルに置き、手の甲で口をぬぐう。肩で小さく息を吐く。でもそういえば、私は前々から彼女の着ているものが気に入らなかった、と思った。コップの内側に、もやもやと白い模様が残っている。

三度目に刺されたとき、私は、神経というのは擦り減るものなのだと本当に実感した。ふつふつと熱をもってふくらんだ無数の二重丸を見ても、今度は悲鳴をあげなかったし、それほど驚かなかった。左足が足首まではちはちに腫《は》れ、さらにお腹《なか》から腰にかけても随分ひどくくわれたのだが、なんだかもう、嘆く気力が残っていなかった。むしろ、こうなることを心のどこかで待っていたような、怖れていたことが現実になって、怖れる必要から解放されてほっとしたような、そんな気さえした。戦う元気は、もう全然なくなっていた。ノミへの憎悪《ぞうお》も湧《わ》いてこない。

ただ一人、皮膚科の女医だけが心を痛めていた。こんなになるなんて、余程たちの悪いノミなのね、と眉間《みけん》に皺《しわ》をよせ、ノミによる深刻な被害例として、写真にでもとっておきたいわ、と言う。

「どうぞ」

私がこたえると、女医は気の毒そうな顔で、慌《あわ》てて頭をふった。

「そんな、冗談よ」

私はどちらでもよかった。

塗り薬が二種類にふえ(以前から塗っていた半透明のに加え、匂《にお》いも形状もポスターカラーにそっくりの、マットに白いどろどろの薬も塗る。重ねて塗るので、半透明のが白いのをはじいてしまって上手《うま》く塗れないが、塗りつけた瞬間の、ひやりとする感触は気持ちがいい)、体質改善のための玄米食をすすめられたが、ノミのためにわざわざ食生活を変える気などなかった。刺せば刺せ、どっちみち、私の表面積だって有限なのだ。私は、疲労した頭でぼんやりとそう思った。やすらかな気持ちだった。

それから二、三日して敦也がやって来たときも、だから私は笑顔で彼を出迎えた。一応肌が見えないように、サマーセーターとぴらぴらしたロングスカートをはいてはいたが、もう、長そで長ずぼん厚手靴下という格好ではなかったし、プラスチックでできたウイスキーのトイレは、すでに粗大ゴミに出したあとだった。

「会いたかったわ」

私は素直にそう言って、玄関で敦也の顔をじっと見た。なつかしい恋人の顔を、ひさしぶりに見られて嬉《うれ》しかった。

「なんだよ、それ」

敦也は私から目をそらし、にわかにうろたえた口調で、

「よくそういうことが言えるな」

と言う。怒ってるの、と訊《き》くと、むっとした横顔のまま、あたりまえだ、ととげとげしく吐き捨てた。

「そうよね、あたりまえよね」

それでも、私は、敦也が私をちゃんと許してくれることを知っていた。

「ごめんなさい」

あやまればいいってものじゃない、と、ずかずかと部屋に入りながら敦也は言い、しかしその声は、すでにもう危機が去ったことを告げていた。

十時をすぎていたのだが、まだ夜ごはんを食べていないという敦也のために、私はお茶漬けをつくってだした。お茶漬けでいい？　と訊いたら、うん、と返事をした敦也だったが、これからごはんを炊《た》くのだと見てとると、一人でジン・トニックをつくり、冷蔵庫からきゅうりをだして、飲みながらかじった。

「きょう追い返されたら、別れようと思ってた」

椅子の上で、片膝《かたひざ》を立てて言う。

「覚悟を決めて来たんだぜ。こんな女もうこりごりだ、って」

私は台所でお米をとぎながら、うん、とだけ返事をした。まったく正論だ。

「何度電話してても連絡つかないし、そっちからはさっぱり音沙汰《おとさた》なしだし」

うん、と私はうなずく。自分のグラスとライムをもってリビングにいき、敦也の小言を最後まで聞く。ここ何週間か、敦也がどんなに気を揉《も》んだか、私がどんなに勝手だったか、そして、平生《へいぜい》から私がいかにちゃらんぽらんか。

うん、うん、とうなずいて聞きながら、私の耳は、敦也が「だいたいな」と言ったのと、「いつだって」と言ったのを、それでも聞きもらさなかった。グラスの氷をカラカラいわせながら、かすかな違和感が耳に残る。

「ちょっと8チャンつけて」

敦也は、いかにもうまそうにお茶漬けを啜《すす》る。野球ニュースを観ながら、まのびした平和な顔で。

食事のあとで、私たちはながいキスをした。敦也の口の中は、お茶漬けのせいでびっくりするほど熱い。

「つめたい口だな」

敦也が言った。大きな手がスカートの上からお尻《しり》をつかむ。

「今日子」

一瞬にして、私の目の中に赤く腫れたふくらはぎのイメージが浮かんだ。お腹から腰にかけてもびっしりと覆う、醜悪で湿度のあるおできたち。左腕と右足にも、夥《おびただ》しい数の跡が残っている。

私はいそいで体を離す。敦也は驚いたように私を見たが、すぐに苦々しげに顔をそむけた。

「またかよ」

ほとんどため息のように言う。

「なんなんだよ」

私は黙っていた。

「ほんとになんなんだよ、いったい」

情ない声だった。

「…………」

私も敦也も、黙ったままジン・トニックを飲んだ。野球ニュースの音が、そらぞらしいあかるさで部屋をみたしている。

「ノミに刺されたの」

仕方なく、私は言った。

「……のみ？」

事態を把握しかねる、という表情で、敦也は訊き返す。

「ウイスキーにノミがついたの。それで、手も足もひどく刺されたのよ」

「……それで？」

それだけよ、と私は言った。でもちょっとやそっとの刺され方じゃないの。見るも無惨《むざん》なありさまで、体じゅう、ほんとにぞっとするほど醜悪なの。虫さされっていうより、おできなのよ。

「………」

敦也は探るような目で私を見つめ、それから呆《あき》れたように小さく笑った。

「それで？」

「だから、それだけだって言ってるでしょう」

私は言い、なおるまでセックスはなしにして、とつけたした。

「変なやつだな」

敦也は、楽しそうな目をして私の腰を強く抱きよせる。私は心底恐怖した。

「やめて」

この人には言葉が通じないのだろうか、と思った。渾身《こんしん》の力をこめて、敦也から体をひき離す。

「やめてって言ってるでしょう」

どうしたんだよ、と言いながら、敦也は私の方に一歩近づく。私は、もう気を失いそうに怖かった。お願いだから来ないで、と懇願の口調でつぶやくのが精一杯だった。

「今日子」

敦也は私の両腕をつかみ、痛いくらい力をいれる。

「おい、おちつけよ」

私は恐怖のあまり返事もできず、ただ敦也の両目を見つめた。

「なんだよ、ひとを痴漢みたいに」

どうしたっていうんだ、と言って敦也は微笑《ほほえ》んでみせたが、私は笑わなかった。押さえつけられた両腕が、こまかく震えている。さっきまで笑っていられたことが不思議だった。一緒にお酒を飲んで、普通に話をしていたことが信じられない。肌を見られるかもしれない、と思うと、息がとまりそうに怖かった。

「わかった。まず風呂《ふろ》に入ろう。いつもみたいに二人でだ」

返事をするかわりに、私はめいっぱい頭をふった。敦也は両手にいっそう力をこめる。

「いいから聞け。どんなおできでも平気だから、俺は気にしないから、絶対に大丈夫だから」

私はさらにはげしく首をふる。気がちがったみたいに、頭がもげそうなくらいに。心の中は、醜い肌のイメージで一杯だった。そのイメージを追いだしたくて、私はひたすらに首をふる。

「今日子！」

敦也の大きな声。私はびくっとして目を上げる。敦也の肩ごしに、ウイスキーと目が合った。テレビの上にまるくなり、顔だけこちらを向いている。黒くてふわふわの体、よく光る金色の眼。

「いやよ」

私はかろうじて声をだし、敦也をにらみつけた。私はこのとき自分の恋人を、ほとんど憎悪していたと思う。

「手をはなして」

敦也は、いわれたとおりに手をはなした。

「……のみに刺されたくらい、一体何だっていうんだよ」

弱々しい、今にも泣きだしそうな声だった。

「そんなに俺が信じられないのか」

私が黙っているので、敦也は一人で話し続ける。

「冗談じゃないよ、ばかばかしい。のみだかおできだか知らないけどさ、そんなの気にする仲じゃないだろ」

「………」

この人は何を言っているのだ。何の話をしているのだ。私は混乱した頭の中で、一條さんのメモを思いだした。とんちんかんでナンセンスで、外国語みたいに意味不明なあの伝言。不気味だったにこにこマーク。——敦也も一條さんと一緒だ。みんな膜の外にいる。絶望的だ。牛乳ほどにも役に立たない。

「今日子？」

さわらないで、と私は言った。言いながら、すべてがはっきりしていく気がした。私が怖いのは、肌を見せて恋人に気持ち悪がられることではないのだ。敦也が気持ち悪がろうと悪がるまいと、そんなことはどうでもいい。醜悪な肌で恋人とお風呂に入り、醜悪な肌で恋人と抱きあって、おできだらけの足を恋人の足にからめ、おできだらけの腰を恋人の指が這《は》う、そのことに耐えられないのは私なのだ。敦也の気持ちなんて問題じゃない。私がこんなにも大切に思い、こんなにも深く愛しているのは、敦也ではなく私そのものだ。これはまたちゃんちゃらおかしな結末だ、と思った。

玄関で靴をはきながら、敦也はひどく傷ついた背中をしていた。

「最低だな、お前は」

私は表情を変えず、黙ってそこに立っていた。リビングから、まだ野球ニュースの音がきこえる。知ってる。あのテレビの上にはウイスキーがいるのだ。じっとこっちを見ている。ふりむかなくても、私は首すじのあたりに彼女のとがった視線を、くっきりと感じることができた。

「ほら、鍵《かぎ》」

敦也は、テディ・ベアのついた鍵を下駄箱の上に置く。私は黙ってそれを見ていた。苦渋にみちた敦也の顔。

敦也がでていってすぐ、私は玄関に鍵をかける。ちっとも悲しくなどなかった。

「さて。おできたちに薬をつけましょう」

私は小さな声で、うたうような調子で言った。

とろとろ

とろとろよ、と、私は感じたままを正直に言い、そういうときの私は目も声もほんとうにとろとろだったはずなので、とろとろよ、という私の言葉は信二の耳に、ほんとうにとろとろと心地よく、せつなく響いたと思う。

俺もだよ、と信二は言った。それは信二の発する他の多くの言葉と同様に、発音された途端におそろしく誠実な音になる。おそろしく誠実で、おそろしく善良な音。俺もだよ。普段真面目《まじめ》な信二の声は、そういうときにわかに湿り気を帯びるので、その言葉は私の耳元で、夏の日のカスタードみたいに甘く崩れた。

なにもかもがそんな風だった。とろとろの恋、とろとろの日々、とろとろの人生。すべて上手《うま》くいく、と思っていた。

一体いつからこんなことになってしまったのだろう。私は鏡をのぞきこんで口紅を塗り、白蝶貝《しろちょうがい》のイヤリングをつける。いまがとろとろじゃないといっているわけではない。さっきだって、ベッドの中で信二の首に腕をまきつけて、

「きょうも仕事にいくの？」

と訊《き》いたとき、私はのるかそるかというくらい、ぎりぎりの気持ちになっていた。勿論《もちろん》、信二はそんなことを知るはずもないので、いつものように私のおでこに軽く唇をつけ、

「残念ながらね」

とこたえて気弱な感じに微笑《ほほえ》んだ。それから、首にまきついた腕をやさしくほどく。私は反射的に両脚をからめたが、最後の抵抗もむなしく、信二は可笑《おか》しそうにわらって、

「こらこら」

と言っただけだった。

私はシーツにくるまったまま、身仕度をする信二を眺めた。あと一時間で信二はでていってしまう、と思うと、毎日のことながらほんとうにせつなくなった。涙がこぼれそうだった。

愛情に温度があるとしたら、私のそれは日ましに温度をあげていき、いまや200

度とか300度とか、揚げ油なみの金色になって、魔女の大鍋《おおなべ》の中で煮えたぎっている。

　信二の方はなに一つ変わっていないのに、と思いながら、私は『ヨーロッパ100年史』の上巻を鞄《かばん》にいれた。チョコレート色の表紙の、とても美しい本だ。もっとも、読んではいないので中身についてはわからない。

　私がどういう女なのか、説明するのは簡単だ。小学生のときは図書委員で、短い髪をしていた。中学生のとき、肺炎で五日間入院した。高校生のとき、はじめてコンサートというものに行った。KISSの初来日コンサートで、私はドラムスのピーターに憧《あこが》れていたのだが、阿鼻叫喚《あびきようかん》しているまわりの女の子たちの声に、すっかり圧倒されてしまった。十九のとき、海のそばで滞りなく処女喪失をすませ——あの頃は、とにかく海がはやっていた。猫も杓子《しやくし》も、そういうことは海のそばでするものと決まっていたのだ——、大学卒業と同時にいまの会社に就職した。女性雑誌をつくっている。

　私には友達がいない。そりゃあ知りあいはたくさんいるが、好きな知りあいと嫌いな知りあいがいるだけで（好きな知りあいの一人である律子ちゃんは、それを友達というのだと力説するけれど）、少くとも自覚のおよぶ限りにおいて、私は私の三十一年間の人生で、友達というものをもったことが一度もない。

二十五歳のときに初めての堕胎を経験し――枕元《まくらもと》で男が泣いたので驚いた――、去年信二と出会って、会社から遠くなるにもかかわらず、信二の勤め先にあわせて国分寺にマンションを借りた（冷蔵庫にはミネラル・ウォーターを欠かさない。ベランダの鉢植えは信二が育てているもので、私の趣味ではない）。今朝は八時に起きた。そして、いまはマックス・マーラのウールのコートを着て、ステファン・ケリアンの靴をはき、大きめの茶色のブガッティを抱えて、十一月の寒空の下、出勤するところだ。

私は冬の朝が好きだ。空気をすうと、肺がきりっとひきしまる。中くらいの歩幅で、規則正しいリズムで歩く。

一体いつからこんなことになってしまったのだろう。

中央線の窓から見える、寒々しい景色と点在する人々。ラッシュ・アワーを少し外れているので、電車はそれほど混んでいない。曇った日の朝の電車の震動は、なぜか私を安心させる。腕時計は十時をさしている。茶色い皮のベルトのついた、控えめな感じのシンプルな時計だ。私は一日に何度もそれを見る。いまごろ信二が何をしているのか考えるために。

信二とは、初夏に出会って盛夏には一緒に暮らし始めた。それまでの私たちにとって、少くとも、それまでの私たちの快適で安寧な生活にとって、これは重大な異変だったが自然でもあった。私は自分を信二のあばら骨でできていると信じたし、信二もまたそれを認めた。よくできた推理小説を読んだときのように、辻褄《つじつま》がぴったりあった気がした。

それまでにもいくつか恋はした。いくつか恋はしたけれど、なんというか、私は恋愛に熱中するタイプではなく、別にキャリア志向というわけでもないのだが、まあそれでもとりあえず、恋愛よりは仕事の方がおもしろいと思っていた。

信二は小学校の教師をしている。いまは四年生の担任（四年三組、生徒数三十六）で、野球部の顧問でもある。中肉高背、眼鏡をかけていて、笑うとどこか気弱な顔になるのだが、それがぞくぞくするほどセクシーで、私はときとして、なりふりかまわず信二に抱きついて——しがみついて——しまう。私は自分をどちらかといえばコンサバティブな人間だと思っている。ただ、信二は私をそうさせる種類の（私が出会ったなかで唯一《ゆいいつ》の）、男なのだった。

仕事を通しての出会いだった。エイズとそれをめぐる性教育について、私が信二の学校に取材に行ったのが最初だ（女性誌とはいえ、パリジェンヌのおしゃれ拝見ばかりしているわけにはいかないのだ）。信二のクラスでモデル授業をしてもらったのだけれど、信二は担任だというだけで、実際の授業はてきぱきした保健の先生がした。

そのせいか、私はそのとき信二に、可もなく不可もなく、なんだか手ごたえのない人だな、という程度の印象しか持たなかった。だからそれから一週間ほどたって、会社に電話をもらったときには驚いた。食事でも、とあのとき電話口で信二は言った。何が好きですか。やっぱり何かしゃれたもの、エスニックとかがいいのかな――。

会社につくと、宮本さんから電話がはいっていた。宮本さんは、会社のちかくのスポーツクラブに勤めていて、私が行くとマシン・トレーニングのプログラムを組んでくれる(足がつって、マッサージをしてもらったこともある)。しばらく顔をだしていないので、早く来いという催促にきまっていた。宮本さんは、陽気な声できっとこう言う。エアロバイクのテンションを、また5に戻すことになっちゃうよ。

私は放っておくことにした。廊下のベンディング・マシンでコーヒーを買い、机に戻って髪をうしろで一つに束ねる。十一時二分前。この時間、信二は授業をもっていないので、たぶん職員室にいる。私は両手でコーヒーの紙コップを持ち、窓の外に目をやった。信二も、このおなじ空の下にいるのだ。私はそれだけで胸が一杯になる。

私たちは、結局あの日エスニックとかは食べなかった。代りに日本そばと天ぷらを食べ、食後に葛餅《くずもち》を食べてお茶をのんだのだが、信二は終始無口で、私もそういうときに気をつかって喋《しゃべ》る方ではなく、私たちは二人とも、ぽつんぽつんとしか話さなかった。それでも不思議と気づまりじゃない、ということが稀《まれ》にあるけれど、私と信二の場合は十分に気づまりだった。十分に気づまりで、十二分にぎくしゃくしていた。

「なんだか盛りあがらなくて」

店をでたところで、詫《わ》びるともつかず、困ったように信二は言った。五月で空の澄んだあたたかい夜で、うしろ手に閉めた戸の前には大きな壺《つぼ》がおいてあり、通りまで飛び石が続いている。

気がつくと、私は信二に抱きついていた。

とろりと味噌《みそ》のかかった半透明な大根を、箸《はし》でくずすと切り口から湯気がたちのぼる。カウンターだけの小さな店で、打ちあわせと称して橋本さんとお酒をのんでいる。橋本さんはフリーの写真家で、体の大きな、子供っぽい目をした人だ。

「これ、ありがとうございました」

私は言い、『ヨーロッパ100年史』の上巻を白木のカウンターにのせる。

「おもしろかったわ。歴史とか文化とかいうものの、大きさっていうか本質っていうかね」

そうそう、と、橋本さんは目を輝かせる。

「本質。それなんだよな。それと時間。結局時間の力がつくったんだからね、ヨーロッパっていうものを。こんなの読むと、やっぱりヨーロッパはすごいと思う」

美代ちゃんなら吸収してくれると思ったよ、と言いながら、橋本さんは椅子《いす》の背にひっかけてあった布製の肩かけ鞄から、下巻をだして上巻をしまう。下巻は表紙が柘榴色《ざくろいろ》だ。

「佳境に入っていくよ。ヒットラーもでてくるし」

橋本さんが言い、私はその本をうけとってぱらぱらめくる。

「ファシズムからデモクラシー、ヨーロッパの分裂までか。なるほど」

お借りします、と言って本を茶色のブガッティにしまう。

「たのしみだわ」

下巻の方が厚かった。

橋本さんは読書家だ。私も本は嫌いじゃないけれど、この人の愛読書ときたら、ヘンリー・D・ソローの『森の生活』とかモーリス・ブランショの『文学空間』とか、おそろしく厚ぼったくて難し気なものばかりで、私にはとても歯が立たない。それでも半年くらい前、デュラスについて意見が一致してウォッカで乾杯し、ホテルのバーラウンジで気勢をあげたことがあり、それ以来よく本を貸してくれる。

「白骨《しらほね》温泉、よかったよなあ」

橋本さんが突然言った。私たちは先月、上高地に行ってきたのだ。仕事ではない。

「ほんとね。梓川《あずさがわ》や河童橋《かっぱばし》」

「そう。それに田代池《たしろいけ》も妙によかったよ。あそこ俺三度目だけど、あんなに雰囲気あったの今回が初めて」

やっぱり美代ちゃんと一緒だったからかな、と言って、橋本さんはコップのお酒をすいっと飲み干す。

「うふふ」

私はこの人の、照れたときの声が好きだ。

「旅館もよかったものね」

そうだな、と言って、橋本さんは少しだけ遠い目になった。

「また行こうね」

そうだな、と、橋本さんはもう一度言う。私はちらっと腕時計をみた。

「……そろそろいかなくちゃ」

九時五十分だった。

「また電話するわ」

「……そうか。彼氏が待ってるもんな」

私は彼氏という言葉を嫌悪《けんお》している。ちょっと困ったように微笑んでみせ、椅子からおりると伝票をつかんでレジへ歩いた。背中に橋本さんの視線を感じたけれど、一度もふり返らなかった。

お店をでると、私はすっとんで帰った。きょうは遅くなると言ってあったし、それにしてはそう遅くならずにすんだのだが、はやく信二の顔がみたくて気持ちがどんどんせいてしまい、電車にのっているあいだももどかしかった。ドアに凭《もた》れ、ガラスにうつった自分の顔をみる。

一体いつからこんなことになってしまったのだろう。電車はびゅんびゅんスピードをあげて走り、いくつもの駅を通過する。夜のプラットホームはとてもきれいだ。

おかえり。

玄関に入るとすぐに信二の声がした。朝も早いが、帰りも早い人なのだ。

「ただいま」

私は靴をぬぎながら、できるだけなんでもなさそうに言う。なつかしい信二の声に、心臓がたちまちどきどきしはじめる。

リビングで、信二はラジオを聴いていた。ラジオが好きなのだ。深夜放送で育った最後の世代だから、というのが信二の言い分で、自分たちが聴かなくなったら、それはラジオを見捨てることになる、と、信二はどうやら思いこんでいる。

「カニ玉をつくったんだ。ラップをかけてテーブルにおいてあるから、よかったら食べてよ」

うん、と言って、私はコートを脱いで、ハンガーにかける。ストッキングも脱いで、はだしになる。オレンジ色のペディキュア。

「それから冷蔵庫に春雨サラダもあるよ。スーパーで買ったやつだけど」

うん、と私はもう一度言う。ソファーのわきに両膝《りょうひざ》をついてすわり、信二の顔をじっと見る。

「ただいま」

改めて――会いたかった、とか、淋《さび》しかった、とか、帰ってこられて嬉《うれ》しいわ、とか、一日ぶんのいろいろな思いをこめて――言う。前髪を少しかきあげてあげると、つめたい指だね、と信二は言った。

信二は、いつもとてもまっすぐに私の目をみる。信二の目はものすごく澄んでいて、なにか人間以外の動物の目みたいだ。私は信二とみつめあっていると、自然に涙がうかんでしまう。せつなさに心がねじきれそうになる。だから、先に目をそらすのはきまって私だ。

「お風呂《ふろ》いれてくるわね」

私は言い、立ちあがった。

先週の日曜日、信二の小学校で、野球部の練習試合があった。私は自分が運動をするわけでもないのにサブリナパンツにジャンパーという勇ましい格好をして、ピクニック・バスケットにぎっしりのおむすびをつくって観戦に行った。それはひどく奇異なことだった。大会だのその予選だのならともかく、ただの練習試合では観客などいるはずもなく、熱心なビデオ・マザーも一眼レフ・ファーザーも姿をみせなかった。勿論《もちろん》信二はやめてくれと言ったのだけれど、私が強引に応援にいったのだった。お休みの日まで信二を学校にとられるなんて、実際我慢のならないことだった。

「清水くんが投げるんでしょう?」

おむすびをつくりながら、その朝私は信二に訊《き》いた。

「清水くん来年卒業だもの。投げるところしっかりみておかなくちゃ」

清水くん、というのは信二の学校のエース・ピッチャーで、私は彼のファンということになっている。あちこちの大会に、くっついていく口実だった。

晴れて、気持ちのいい日だった。私は階段状になったプラスティックのベンチに腰かけて、ずっと信二ばかり眺めていた。子供の野球になど最初から興味はない。私は、ユニフォーム姿で腕組みをして、砂埃《すなぼこり》の中に立っている信二の顔をみながら、いま信二をグランドにひっぱって、ちょうどピッチャーズ・マウンドとホームベースのあいだあたりに押し倒し、その隣に私もゆっくり寝ころんで、手をつないでのんびりとこの冬空を眺められたらどんなにいいだろう、と想像したりした。

信二はときどき気づかわしげに私の方をみた。私はそのたびににっこり笑って手をふった。心の中でかならず、愛してる、と言いながら。信二は居心地が悪そうだった。私の視線がグランドではなく信二にだけ注がれていることは、信二だけじゃなく子供たちの目にさえも、一目瞭然《りょうぜん》だったのだ。

お風呂あがり、私はコップにミネラル・ウォーターをついで飲み、もうすでにお風呂に入ってソファーでうたた寝をしている信二を起こす。信二はパジャマの上にセーターを着て、くしゃくしゃの洗い髪のまま眠っていた。

「ほら起きて。一酸化炭素中毒になっちゃうでしょう」

部屋の中は暖房が利《き》いている。

信二は眠そうな顔でうす目をあけて、もぞもぞと起きあがると私の腰をいきなり抱きすくめる。

「今週末、どこいくの」

寝ぼけた声は色っぽい。

「今週末?」

私は机の上の、小さなカレンダーをみた。十一月二十七日と二十八日に、色鉛筆でピンクのまるがつけてある。外泊するというしるしだ。

「ああ、出張よ。大阪にね、お好み焼きの取材なの」

こたえながら信二の髪をなでる。ふうん、と、信二はつまらなそうに鼻を鳴らした。

「じゃあ仕方ないな」

そう言うとがばりと起きあがり、ラジオを消すと、水割りが入っていたらしいグラスを台所に片づける。こういうとき、この人はみんな知っているのかもしれないと思う。出張なんて嘘《うそ》っぱちだということや、ひょっとすると一緒にでかける相手のことも。きょう遅くなったのが、打ちあわせなんかじゃなかったということも。

浮気——。愉快な言葉ではないけれど、ほんとうにそうとしか言い様がない。同時に複数の男を好きになる、ということは以前にもあったけれど、これはそれとは全然違う。文字通り、ただの浮気なのだ。私は信二にとろとろになり、はじめて浮気をする人の気持ちがわかった。誰も大きな声では言わないけれど、人間は浮気をせずにはいられない生き物なのだ。誰か一人に全身全霊でとろとろになったまま、平気でいられるはずなんてない。

私が宮本さんと寝ていると知ったとき、律子ちゃん(彼女もおなじスポーツクラブに通っている)は狐《きつね》につままれたような顔をした。

「信じられない」

と律子ちゃんは言った。

「葛原《くずはら》さんはどうなっちゃうわけ?」

スポーツクラブの一階の、ガラス越しに日が燦々《さんさん》と降り注ぐティー・ルームで、律子ちゃんはダイエット・コークを飲みながらそう詰問《きつもん》した。葛原さんというのはおなじ編集部の先輩で、ちょっととっぽい妻子持ちだ。

「どうって別に……」

私は紅茶のカップを持ちあげて、湯気ごしに目だけで微笑《ほほえ》んだ。そうすると表情がやわらいで、とてもいい感じにみえるのだ。

「だって美代、信二さんと上手《うま》くいってないわけじゃないんでしょう?」

私は黙って紅茶をのんだ。

「美代ってば悪いひとねえ」

呆《あき》れたように律子ちゃんは言い、でも彼女がほんとうは少したのしんでいることを、私はちゃんと知っていた。

「……一度に三人とつきあうなんて」

実際のところ、全然三人などではなかったのだが、私はべつに訂正しなかった。

たとえば先週の日曜日。

信二がよしてくれと言ったにもかかわらず、おもしろくもない野球の試合におしかけて、ベンチにすわってぼんやり信二を眺めているときに、私は無性に他の男に会いたくなった。まわりの景色が急になんにもなくなって、二人だけがそこにいるかのような緊張から、すぐにでも逃げだしたかった。信二は、ときどき私を、自分がひどく無能で愚かな、とるに足らない存在であるという気持ちにさせる。空の高い校庭の片隅で、私は自分をとても恥じた。

たとえば信二とセックスをしたあくる朝。

信二のセックスはやさしすぎて私を泣かせる。信二の前で、私は赤ん坊のようになってしまう。信二の吐く息のいちいちに、肌をすべる指の感触に、私はすっかり無防備無抵抗になってしまうのだ。あくる朝、私は身悶《みもだ》えするほど恥かしい。江戸時代、一糸まとわぬ姿で真昼間の群衆のただ中にひきたてられた、罪人の気持ちがよくわかる。信二のやさしさには容赦がない。私は逃げも隠れもできなくなってしまう。

それで、私はいそいで他の男の寝室にいき、私の体がちゃんと価値のあるもの、無能なでくのぼうではなく、ちゃんと役立つ有益なものであるということを、なんとか思いださなくてはならない。

バランス。

そう、問題はバランスなのだった。

寝室に入っていくと、信二はもうベッドのなかだった。私は電気を消し、手さぐりでベッドに向かって進みながら、

「手をつないで寝てもいい？」

と訊いてみた。ごく一瞬の沈黙のあと、信二はそれでも世にもやさしい穏やかな声で、いいよ、と言って毛布をめくってくれる。そして私は一晩中、信二の手をはなさずに眠った。

目がさめると雨が降っていた。窓を打つ雨の音。

十一月はうらがなし、
世界を濡《ぬら》し雨がふる！

そううたったのは白秋だったか堀口大學だったか。私は仰向けになって天井を睨《にら》み、いつまでも雨の音を聴いていた。このまま、時間が硬直してしまったらいいのにと思った。信二と二人、ずーっとこうしていられたらいいのに。

目ざましが鳴り、時計は私の枕元《まくらもと》だが腕をのばして信二が止める。一分ほど目をつぶって死んだようにじっとしたあとで——私は、このまま信二がもう一度眠ってくれます様にと心から願う——、信二は立派な社会人らしく起きあがる。私は何も言わず、薄暗い部屋の中で目をこらし、信二が寝室からでていくのを見守った。

顔を洗い、ひげをそってコーヒーをのみ、新聞を読んで着替えをすませた信二の出勤を、寝巻きのまま玄関に立って見送る。学校に、女の先生は全部で何人くらいいるのだろう、とふいに思った。四年生の子供を持つ母親というのは一体いくつくらいの女たちなのだろう、とも。

「いってらっしゃい」

気をつけてね、と言って信二の首に腕をまわす。

「諒解《りょうかい》」

信二は眼鏡の奥で目をほころばせた。私は別れの淋しさに胸がつまる。まるで置き去りにされた子供だ、と思った。

きょうは本物の打ちあわせがあった。お昼ごはんを食べながら話しあう、いわゆるビジネス・ランチというやつだ。約束の店に少し早目に着いたので、私はアドレス帖《ちょう》をぱらぱらめくった。河野さんに電話をかける。

「おはよう」

午前中に起きているはずのない河野さんを起こし、強引に朝の挨拶《あいさつ》をする。河野さんはイラストレーターで、今週末、一緒に出張に行く相手だ。

「もうじきお昼よ」

うん、と、河野さんは押し殺した声をだす。

「宿酔《ふつかよ》いなの?」

うん、と、半ばうめくような声。私はこれみよがしに、思いきりさわやかそうにくすくすと笑ってみせる。

「一時まで仕事なの。それから、四時に会社で会議なの」

「……勝手なやつだな」

あいかわらず押しつぶした声で、河野さんは言った。それでも、次のセリフはわかっていた。しょうがないな、と、たぶんほんの少し苦笑を含んで河野さんは言う。私は息をつめて待つ。

「しょうがないな。いつものホテルに一時半」

サンクス、と、私は心をこめて言う。

べつに寝なくてもかまわなかった。たとえばホテルのベッドに腰かけて、たっぷり二時間河野さんの愛するサッカーについて――あるいはジョン・レノンについて――話していてくれてもよかったのだ。大切なのは、誰かにとって私がちゃんと一対一で向きあえる女だということだ。あやしたりなだめたり励ましたり、つまりいつも信二が私にするようなこと――言いかえれば私が信二にさせているようなこと――をされなくてもちゃんとやれる女だということを、私は常に、自分で自分に思いださせてやらなくてはならない。

しかし結局、私たちは寝た。それから冷蔵庫のサイダーを飲み、シャワーをあびてびしょびしょのキスをした。

「誉《ほ》めて」

髪の先までずぶ濡れになりながら、キスのあいまに私は言った。河野さんはよくのみこめない風だった。言葉などきこえないふりをして、手馴《てな》れた感じで私の体を抱きしめる。

「誉めて。なんでもいいから。きれいとか性格がいいとか、足が速いとか歌が上手いとか、なんでもいいからどんどん誉めて」

河野さんは、私の顔や首や頭に唇の雨を降らせながら忠実に誉めてくれた。かわいいとか、感覚的だとかいい女だとか。

「感覚的？」

河野さんの胸や肩にキスをかえしていた私は、動作をとめ、上をむいて訊いた。

「それって誉め言葉なの？」

私は、自分で自分をむしろ理論的だと思っている。

「ああ」

と、河野さんはこたえた。私の髪に鼻と口を埋め、ああ、誉め言葉だよ、と言って腕にぎゅうぎゅう力をこめる。

「美代は感覚的で、自由ないい女だよ」

うちの雑誌のキャッチ・コピーみたい。

私はひどく悲しくなってしまう。

夜、早く帰れたので、ごはんのあと信二と散歩をした。信二はウールの半コート、私はワンピースの上にジャンパーを着て、手をつないで歩く。雨あがり、電信柱ごとにあかりのついている舗道、白光しているコンビニの青いロゴ。空気の粒の一つ一つが、まだしっとりと濡れている。

「しりとりしよう」

私はつないでいた手をはなし、信二の腕にしがみつくようにしながら言った。私は信二の右腕が好きだ。均整のとれた筋肉の硬さ。

「『ん』がついてもいいやつね。『ん』がついたらその前の文字からつなげるの」

「わかった」

いつものやつだ。こうすれば、しりとりはずっとおわらない。

「みよ」

いつも信二はそう始める。

「ようかん」

私は間髪をいれずにこたえる。かいだん、だんだんばたけ、けしょうすい、いちょうやく、くも、もんく、くじ、じかん、かねもち、ちばけんみん。

酒屋の前を通るとき、私は体を少しのり出して、夜のウインドウに映る自分たちを見る。信二もつられて横を向いたので、私たちはガラスを通して目があった。

うふふ。

私は愛をこめて微笑む。絶望的に淋《さび》しかったけれど、心からみちたりていた。空にはつめたそうな白い月。満月に二日たりないくらいの月だ。

「公園をまわって帰ろうね」

わかった、と、いつものように穏やかに、寛大な口調で信二は言った。

誰かを好きになると、膨大な量の甘い言葉が必要になる。私は怪物みたいに、そういう言葉を端から食べつくす。まるで痴呆《ちほう》症のわにみたいに貪欲《どんよく》に。

私だって必要なのだ。誰かを好きになりすぎて、ほんとうにあまりにも好きになりすぎて、自分のバランスがくずれるので怖くて、壊れそうでどうしようもなく怖くて、日々なんとかバランスを保つ。

こんなこともあった。

「おねえさん、エッチっぽい」

私の絹の下着を見て、大学生は緩んだ声をだす。飴色《あめいろ》の眼鏡が信二に似ていた。大学生というのはあくまでも自称で、ほんとうのところはわからない。だいたい、いまどきまともな大学生が、「おねえさん」などという言葉づかいをするのだろうか。でもとりあえず私は「なんぱ」され、てきぱきと服を脱いでいた。

ベッドに入ると、大学生が、

「おねえさん淋しいんでしょう」

と、安手のジゴロみたいなことを言ったので驚いた。淋しくなんかないわ、とにこりともせずにこたえると、じゃあどうして俺についてきたりしたの、と訊く。

「黙って」

私は大学生の唇をふさいだ。

大学生はひどく痩《や》せていて、軽薄な外見に似あわずデリケートなセックスをした。私は不覚にも泣いた。嗚咽《おえつ》の下で、信二のことをおもった。信二に会いたい。いますぐ会いたい。心細いセックスだった。外国に売られた子供みたいだと思った。泣きながら、私は大学生にしがみつく。心底淋しかった。同情されているのがわかった。わかってもどうしようもない。私はこんなに痩せっぽちの、通りすがりの男の子にすがりついているのだ。

事のあと、大学生はしゃくりあげる私のおでこにキスをした。いつも信二がしてくれるみたいに。

金曜日、ひさしぶりに信二と外で待ちあわせをした。銀座通りに面した、ガラスばりの喫茶店で会う。橋本さんの個展の初日だ。私が約束の三分前につくと、信二はすでに来てコーヒーをのんでいた。まだ五時だというのに、おもてはすっかり夜がおりている。私は銀座の夜が大好きだ。

「仕事、片づいたの?」

信二は私の顔を見て訊《き》く。ん、と曖昧《あいまい》に返事をすると、まだみたいだね、と言ってひっそりわらう。

「じゃあ、パーティのあと会社に戻るんだ」

と、質問ともつかずに言った。私は信二の向い側に腰かけてアクア・リブラを注文し、

「みておきたいゲラが少し残ってるの」

と、言い訳のように言った。小さな喫茶店は人のいれかわりが早く、にぎやかで比較的混《こ》んでいる。

「そっか」

信二は言った。信二の「そっか」は妙にあかるいため息に似ている。あかるいため息というのも変なようだけれど、たとえば「さて」と言って立ちあがるときのそれに似た感じ。すっぱりと何かを切りすてるような。信二が「そっか」と言うたびに、私はそこに置き去りにされる。

ビルの上の個展会場は、狭くて人が一杯だった。エレベーターを降りたところが受付で、花カゴが床にいくつか置いてある。私たちは芳名帖に二人ならべて名前を書いた。紙ナプキンをまいた水割りをうけとって、しずしずと会場に足をふみいれる。

橋本さんの写真は白黒の方が断然いい、と、私は普段から思っているのだが、今度の展覧会は白黒写真ばかり、それも公園とか路地裏とか、猫とか鳩《はと》とか浮浪者とかを写したクラシックな感じのやつで（実際にはここ半年で写したものらしいのだが）、信二も気に入ったようだった。

「この前のほら、誰の写真展だっけ、ひしゃげたコーラの缶のアップばっかり、いろんな角度から撮ったやつ。あれよりずっとわかりやすいね」

などと言う。

橋本さんは、奥で誰かと話をしている。しばらく待ってもう一度見ると、今度は別な人たちに囲まれていた。こういうパーティは、挨拶をするタイミングがむずかしい。

「美代」

うしろから声をかけられて、ふりむくと律子ちゃんが立っていた。黒いセーターに鮮やかなグリーンのアラビア・パンツ、ウエストに金のベルトをしめている。

「ひさしぶり。元気？」

律子ちゃんの笑顔は華やかだ。十一月の東京で、この人はどうしてこんなに日にやけていられるのだろう。

「めずらしいわね。信二さんも御一緒なんて」

おひさしぶりです、と言って信二は礼儀正しく会釈《えしゃく》を返し、律子ちゃんが手ぶらなのに気がついて、

「召し上がらないんですか」

と訊く。水割りをとりにいった信二のうしろ姿を見送りながら、

「美代も大胆ねえ」

と、にやにやしながら律子ちゃんが言う。

「大胆？」

私は、信二の後ろ頭に見惚《みと》れながら訊き返した。

「だって葛原さんも来てるのよ」

律子ちゃんは声をひそめる。

「少しは胸が痛まないの？」

自分でもわかるのだけれど、私はきょとんとしていたと思う。葛原さんとは、さっき会って挨拶をした。橋本さんにだって、これから挨拶にいくつもりなのだ。

「……」

私は自分で自分の胸の内をまっすぐに見てみた。それは、少しも痛んでいないようだった。うしろめたさはまったくない。すっきりしていて、何の困惑も混乱もないのだ。

「どうぞ」

戻ってきた信二が水割りをさしだす。ありがとう、と言ってグラスをうけとって、意味深な笑顔を私に向けると、律子ちゃんは踵《きびす》を返して歩み去っていく。

「どうしたの」

信二が私に何か訊くとき、眼鏡の奥で、信二の目もかならずやさしい問いかけの表情になる。そのやさしさは、私をきまってひどく孤独にさせるのに。

「どうもしないわ」

信二は胸が痛むかもしれない、と思った。信二は、私が信二以外の男の人になど何の興味もないのをいやというほど知っているので、葛原さんや橋本さんに会うのはひどく胸の痛むことかもしれない。

私はたちまち後悔した。

「帰りましょう。くたびれちゃった」

信二が胸を痛めるのは嫌だった。他の誰が傷つこうといいけれど、信二だけには傷ついてほしくなかった。

「……いいけど」

信二は腑《ふ》に落ちない顔をしている。

「おなかすいちゃった」

私は信二の腕をとって言う。葛原さんや橋本さんは、すでに私の視界からも思考からもいなくなっていた。わがままでも破廉恥《はれんち》でも構わない。

「何が食べたい？」

信二の顔を見上げて訊くと、状況の如何《いかん》にかかわらず、声がとろとろになってしまう。私は自分がわがままでも破廉恥でも平気だけれど、そういう私を信二が知ったら悲しむだろう、と思うことだけが、私をどうしようもなく苦しくさせる。信二はおこらない。ただ悲しむのだ。

私たちはエレベーターにのり、一階のボタンを押した。

「会社に戻らなくていいの？」

私は二、三度うなずくと、ドアが閉まるのを待ちかねて、信二の首に抱きついた。

「ね、タクシー乗り場の前で売ってた焼き栗を買おう」

かたちのいい耳に口を寄せて言う。いいよ、と小さな声でこたえると、信二は私の頭を抱きよせた。

一体いつからこんなことになってしまったのだろう。なにもかもがとろとろと輪郭をぼかすので、私には幸福と不幸の区別がつかない。

寒さが気持ちのいい夜だった。車のライトがたくさん、にじんだりきらめいたりして流れている。排気ガスの匂《にお》い。私はこの匂いが嫌いではない。冬の銀座の夜の匂い。

「美代はあした早いの？」

信二が訊き、そうでもない、と私は言った。河野さんとは、十一時に羽田で待ちあわせている。四国に行くことになっているのだ。四国はきっと少しあたたかい。

「きょうは背中にくっついて寝てもいい？」

私はとろとろの声で言い、いいよ、と、信二もとろとろの声でこたえる。

「たいした写真じゃなかったわね」

私が言うと信二は苦笑した。

夜と妻と洗剤

妻が、僕と別れたいと言った。私たち、話し合わなきゃ、と。

夜の十時をすぎていた。僕は疲れていた。僕たちは結婚して五年目で、子供はいない。

気がつかないふりをして暮らすことはできるわ、と、妻は言った。でも、気がつかないふりをしても、それはなくなりはしないのよ、と。

僕が返事をせずにテレビをみていると、妻はテレビを消してしまった。何に気がつかないふりをして暮らすのか、何がなくなりはしないのか、僕にはさっぱりわからない。いつものことだ。

僕は、そばに立ちはだかって僕をにらみつけている妻の、ペディキュアがはげかけていることに気づいた。

「除光液か！」

僕は言った。除光液がなくて、ペディキュアが落とせないんだね。それでイライラしてるんだろう？

僕の声には、期待と安堵《あんど》が半々にこめられていた。妻は首を横にふった。

「じゃあ、あの四角い綿だ。ティッシュで代用しろって言っても君が絶対にできないって言う、あの綿がないんだ」

妻はため息をつき、いいえ、と、こたえた。私が言っているのはそういうことじゃないの。除光液もコットンもあるわ。ペディキュアがはげかけているのは、忙しくて爪《つめ》の手入れをする時間がなかっただけ。

時間。お手上げだ。

僕は妻を愛しているし、妻の力になりたいと思っている。でも、コンビニに売っていない物を要求されても困る。

「ねえ、きいて。私たち、別々に生きるべきだと思うの。きっといい友達になれるわ」

僕はまったくうんざりした。今夜は寝かせてもらえないだろう。

「ゴミ袋はあとどのくらいある？」

夫として、ベストを尽くそうと決めた。妻の最大の特徴は、質問にはこたえるということだ。怒っていていても泣いていても、質問すれば必ずこたえる。

「洗剤は？　牛乳は？　ダイエットペプシは？」

僕は、妻が生活するのに必要としているものを、次々にならべた。

「ゴミ袋はたくさんあるわ。洗剤はいま使っている壜《びん》しかないけど、牛乳もダイエットペプシもある。でも私が言おうとしていることは、そういうものとは関係がないのよ。お願いだからまじめにきいて」

僕はきいていなかった。もう玄関で靴をはいていた。やめて、とか、きいて、とか言っている妻の声を背に、僕は外にでてコンビニへ向かった。家々の窓に、あかりが灯《とも》っている。

妻の好きな洗剤は、ピンクの壜に入っている。ピンクの壜はいくつかあるが、キャップもピンクのやつだ。僕はそれを五本買った。ダイエットペプシも、牛乳も買った。ゴミ袋も、除光液も。四角い綿も。ついでにおにぎりも。

荷物はひどく重かった。がさがさと音をたてる白いビニールが、途中で破れるかと思ったほどだ。

玄関で、妻はかなしそうな顔をした。

「どうしてまたそんなにたくさん」

量は大切だ。

袋の中身を一つずつテーブルにだしながら、妻はまたため息をつく。あなたってほんとに人の話をきいてないのね。ダイエットペプシはあるって言ったでしょう？ 牛乳も。ゴミ袋も。

そして、ふいに笑いだす。

「あなたって、どうしてそうなの？ なんにも聞いてないじゃない」

手に除光液を持っている。

僕の勝ちだ。

清水夫妻

清水夫妻は目黒に住んでいる。

私が彼らに会ったのは「吉法師」というお蕎麦《そば》屋の二階で、彼らはそこで昼間から日本酒を呑《の》み、いい機嫌になっているのだった。てんぷらなどもつまんでいたように思う。夏のことで、清水氏は白い麻のスーツ、夫人はうす水色の地に濃紫のてっせんの花が咲いた、麻の袖《そで》なしワンピースというでたちだった。そばにおそろしくぼろぼろのしまうまのぬいぐるみが置いてあり、夫妻はそのぬいぐるみにエプロンをかけ、小さい子供にするように、なにくれとなく世話を焼いているのだった。

私と友人は隣でざるそばを食べながら、彼らの様子を、見るともなく見ていた。夫妻の年齢はさだかではなく、三十代後半か、もしかして四十かもしれない、というところに思われた。

「猫のことだけどさ」

武信が、その朝からずっとそうだったようにぐずぐず言いだした。

「やっぱり無理だよ、近所から苦情もでてるわけだし」

武信と私は、学生時代に恋人同士で、卒業して一度別れ、じきに武信に女ができ、でも別れ、私に男ができ、でも別れ、そのあいだもずっと仲のいい友達同士だった。友人たちは、すわ元鞘《もとさや》か、と言い言いしていたのだけれど、無論そうはならず、清水夫妻に出会ったその夏、私には他に好きな男がいた。

「やだ」

私は即答した。

半月ほど前に、私は子猫を拾ったところだった。近所のコンビニエンスストアのゴミ箱の横で。抱きあげるとふるえていて、アパートに連れ帰るといきなり粗相をし、ミルクをやると、顔ごと皿に突進した。全身やわらかな黄色い毛におおわれているその猫に、私は「きいろ」という名前をつけた。

「部屋の中めちゃくちゃじゃん。くさいし」

武信は言いつのる。たしかに、部屋の様子はひどいものだった。壁もドアも爪跡《つめあと》だらけ、カーテンの裾《すそ》がほつれて部分シャーリング状態になり、本が何冊か犠牲になった。きいろは、本の背をばりばりにするのが好きな類《たぐい》の猫なのだ。また、あちこちに跳びのるので、粘土細工の人形だの写真立てだの、灰皿だのコップだのといったガラクタが、床に落ちて壊れた。

「それに、昼間閉じ込めっぱなしじゃかわいそうだよ」

パパスのこげ茶色のポロシャツと白いパンツ、という恰好《かっこう》の武信の言っていることが、正しいのは私にもわかっていた。

「でもやだ」

私は頑《かたく》なにくり返した。

「だって、きいろってば私をじっと見るんだよ。おもちゃみたいに小さな頭で、すっかり信頼しているみたいな顔をして、私をじーっと見るんだから」

ほんとうだった。きいろの目はきれいな銀杏《ぎんなん》形で、私が寝ていると前足で私を踏みしだきながら胸の上にのってきて、私の顔をじーっと見るのだ。

「それでときどきぽっかり口をあけて、小さな歯を全部見せて、ににって鳴いたりして、それはどう見ても『あー』って言うときの口の形なのに、でてくる声は『にに』なの」

「ほんとう?」

清水夫人が口をはさんだのはそのときだった。私も武信もぎょっとした。でも夫人は構わず、

「その猫ほんとうにそんなにかあいいの？」

と訊《き》くのだった。畳に片手をつき、私たちのテーブルに半身のりだすようにして。

それでいて、私の返事も待たず、

「あたし、猫は大丈夫なの」

と言いながら夫を見て、

「ほら、前に話したかしら、亜麻子叔母さんのとこで猫を飼ってたの。でっぷり太ったメスのブチ猫でね、怠惰だけれど賢い猫で……」

と、話し始めるのだった。

私と武信は話を中断された恰好になり、どうしていいかわからずに目を見合わせた。ざるそばはもう食べ終わっていた。

出ようか、と、武信が全身の気配を使って伝えてきたので立ち上がりかけたとき、

「じゃあこれから拝見にいこうか」

という、清水氏の声がきこえた。

おどろいたことに、夫妻はおもてに車を待たせていた。運転手つきの車だ。私のア

パートまでは歩いて五分ほどなので、車に乗る必要はなかったが、それでは運転手さんが困るだろうという気もして、結局なんとなくその車に乗った。

きいろは、私が外出先から戻るといつもそうするように、部屋じゅうくるったように駆けまわって——カーテンによじのぼることも含む——歓迎の意を示した。夫妻はおもしろそうにそれを眺めた。

私と武信はその日、蕎麦屋での昼食を夫妻に御馳走《ごちそう》になっていた。でもそれは決して感じの悪い御馳走の仕方ではなく、なんというか、たまたまそこにお金があるんだからいいか、と、相手に楽々と思わせるような仕方だった。

うちには椅子《いす》が二脚しかなく、そのせいか、夫妻は椅子をすすめても坐《すわ》らず、立ったままきいろを眺めていた。夫人は、抱いていたしまうまのぬいぐるみを清水氏にあずけ、しゃがみこんで片手をだすと、

「ちょっちょっちょっちょっ」

というような、あるいは、

「ちゃっちゃっちゃっちゃっ」

というような、舌打ちの音をさせてきいろを呼んだ。きいろは呼ばれるままにやってきて抱かれ、たちまち喉《のど》を鳴らして媚《こび》を売った。

清水夫妻とはそうやって出会った。風変わりな夫婦だと思った。夫妻は私のアパートからほど近い場所に住んでいると言い、必要ならいつでもきいろをひきとると言った。

清水氏の名前は郁生《いくお》で、夫人の名前はミナという。カタカナだそうだ。私がそれを知ったのは、でももうすこしあとのことだ。

夫妻がやってきた五日後に、結局私はきいろをひきとってもらうことにした。日々破壊される部屋の中もさることながら、私が会社にいっているあいだアパートに閉じ込めておくことの理不尽や、帰ってきてベランダにだしてやると柵《さく》づたいに他の部屋にいき、植木を倒したり粗相をしたりするという近所からの苦情に処しかねてのことだった。

電話をすると、夫妻がかわるがわる電話口にでて、歓迎しますよ、と言った。きいろちゃんもあなたも歓迎します、と。ひきとっていただきたいのはきいろだけなんです、と私が怖気《おじけ》づいて告げると、清水氏は小さく笑って、承知しています、と言った。私は自分がばかみたいなことを言ったと気づき、恥じ入った。

夫妻の住まいは、想像以上に立派な邸《やしき》だった。古い木造の日本家屋で、庭に鬱蒼《うっそう》と木が茂り、高い塀に囲まれているので外からは中の様子がわからない。

指定された時間――土曜日の午後二時――に訪ねていくと、しかし夫妻は留守だった。かわりにお手伝いさんがでてきて、「御夫妻は急な用事でおでかけに」なったと言った。「大変申し訳ないとお伝えするよう申しつかっております」と。

じきに戻られますので中でお待ちいただくように、と説明され、私ときいろは応接間に通されたのだった。

ガレージに続く砂利敷きの道と、飛び石づたいに玄関に続く道と、庭に二つの道のあることがわかった。門の内側に足を踏み入れた途端、外側より温度が低く感じられたのは、木々に水が撒《ま》かれていたせいかもしれない。

きょうのためにわざわざペットショップで買ったケイジに、きいろはタオルと共におしこんできた。彼女の特徴であるかすれた声で、庭に入るなりきいろが鳴いたことを覚えている。

椅子の背に白いカヴァのかけられた応接セットというものを、私ははじめて見たと思う。エアコンなどというものは無く、グレイの扇風機がまわっていた。日本家屋なのに内部は洋風で、窓の一部は赤と青のステンドグラスになっていた。

それからしばしば訪れることになるその部屋で、私はだされた麦茶をのみながら、清水夫妻の帰宅を待った。

小ぶりの本箱と書き物机、大ぶりのステレオ。そう広い部屋でもないのにそれだけの物が応接セットの他に収まっており、でも不思議と圧迫感はないのだった。にに。

きいろがときどきかすれ声をだす。

三十分もすると夫妻が帰ってきた。応接間に現れた彼らを見て、私は、「急な用事」が何だったのかわかった。二人とも喪服姿だったから。

私は弾《はじ》かれたように立ち上がり、こんにちは、と言って頭を下げた。Tシャツにジーパン、という自分の恰好が、ひどく場ちがいなものに思えた。

夫妻は、旧知の友人を迎えるみたいな親し気な顔で笑った。約束していた日にでかけたことを詫《わ》び、

「でもこればっかりはね、行かざるを得なくて」

と言って、手に持った紙袋を持ち上げてみせた。

「お葬式だったんですか？」

尋ねると夫人が嬉々《きき》として――失礼な形容かもしれないが、他に形容のしようがない――、そうなの、と、言った。

「朝起きたら新聞に訃報《ふほう》がでていて、ええもうびっくりしてね」

そう話しながら、紙袋からお清めの塩の小袋や、おまんじゅうや鮨折《すしおり》をだしていちいち検分する。

「六十八歳なんてねえ、いま時分としてはまだまだお若い年齢でしょう?」

妻の隣に清水氏は寛《くつろ》いだ様子で腰掛けて、満足そうに話をきいていた。

「すぐ機械で検索しましたの。機械ってほら、パソコンね、あれ本当に便利」

窓の外で蟬《せみ》が鳴いていた。足元にきいろのケイジを置いたまま、私はじっと坐っていた。

夫妻は、「お葬式のあとは鰻《うなぎ》」と決めているそうで、近くの店に座敷を予約してあるからぜひ御一緒に、と誘われた。きいろちゃんの話はそこでゆっくり、などと二人が言うので、私は恐縮しながらもついていった。毒を食らわば皿まで、といった心境になっていた。

夕方の鰻屋で、夫妻はゆるゆるとお酒をのんだ。白焼きだのお新香だのをつまみながらおいしそうにお酒をのんで、どっしりした鰻重《うなじゅう》を食べながらまたお酒をのんだ。

席は四人分予約されていて、一つはしまうまのぬいぐるみの分なのだった。

夫妻はそこで、政治の話をしていた。「亡《な》くなった友人」が政治家だったのだそうだ。その政治家の奥さんが、「選挙のたびに十キロも痩せてしまい」、「次の選挙までに十五キロ太るので」、「結局五キロずつ増えていくのだ」と言ったりした。

そうかと思えば清水氏はふいに真面目《まじめ》な顔になって、

「それにしてもこの国はどうなってしまうんだろうね」

と、しずかな声でつぶやいたりもする。

「ほんとうにねえ」

と、そばで夫人も憂《うれ》い顔になるのだった。

「たとえば今年はこれだけ暑いのだから」

清水氏は言った。

「暑い一円法というのはどうだろうね」

それから居ずまいを正して、こういうのだよ、と説明する。アナウンサーのつもりらしく、咳払《せきばら》いを一つする。

「暑い、暑い、と、誰もが挨拶《あいさつ》がわりに口にしている昨今、政府は、この、ことさらに不快感をあおる『暑い！』の連発を禁止すると共に、その罰金で国の赤字を補うことにする法案を、次期国会に提出する見込みです。

政府の見通しでは、乳児を除いた約一億人が発する『暑い』は一日におよそ一四・

六億回にのぼり、一日の罰金収入は十四億六千万円、盛夏にはひと月四百三十八億円の収入が見込まれています。

当面は申告制の予定ですが、実際の『暑い』という声と罰金の差が大きい場合には、密告制度や盗聴も辞さない構えです」

私はきょとんとしてしまった。こういったことを、清水氏は必ずしも冗談とばかりはいえない生真面目な風情《ふぜい》で提案し、夫人は夫人で、

「でも、マスコミの反発が予想されますね」

と応じたりする。

「言論の自由とか基本的人権とか、いろいろ言い出す人がいるにきまってるもの」

たとえばそんな話を、夫婦で延々としているのだった。

シンプルな黒いワンピース姿の清水夫人は美しかった。まっ赤な口紅はお葬式らしくなかったが、でも実際とても美しかった。それに、くっきりした赤の口紅をつけてでかけるのが、彼女なりの追悼の仕方であるようにも思えた。

「きいろちゃんのことは心配しないでね」

いざ席を立つ段になってようやく、夫人がそう言ってくれた。

「あんなにかあいい猫はめったにいないし、あたしたち、ちゃんとお世話をしますか

ら」

私は安心した。

「またいつでも会いにきてちょうだい」

最後にそう言われ、私は鰻屋をでたのだった。


その夏、私はたびたび夫妻の住む邸を訪ねた。きいろに会いたかったこともあるが、それ以上に夫妻に会えるのが嬉《うれ》しかった。あの家の中は時間が特別な流れ方で流れており、私の日常――会社とか、始まったばかりの恋とか、夏休みなのに帰省しない娘に腹を立てているにちがいない両親とか――から、私を遠く隔ててくれる気がした。

夫妻はいつも私を歓迎してくれた。きいろは元気いっぱいで、まるではじめからその家の猫だったみたいに、庭の木にのぼったり、応接間のステレオの蓋《ふた》の上で居眠りをしていたりした。

清水氏は無職で、夫人は彫刻家だということだった。もっとも、彫刻でお金を稼いだりしたことは一度もなく、「ひたすら一人で造り続けるタイプの彫刻家」なのだと、清水氏が誇らしそうに説明してくれた。次第にわかってきたことだが、彼らは遺産生活者なのだった。信託預金のほかに土地もたくさん相続し、維持しきれずに端から売り払っているとはいえ、「子供も無いので、このまま身上《しんしょう》つぶすつもりで」生きているのだという。二人ともにっこりして、幸福というよりむしろ困ったことみたいに、仕方のないことみたいにそう言った。

　夫妻の暮らしぶりは、優雅だが奇妙だった。いくとしばしば留守にしているのだが、それがきまってお葬式なのだ。やがて喪服姿の二人が、妻はくっきり赤い口紅をさし、夫は胸に黒いポケットチーフをのぞかせて、帰ってくる。

「お葬式、多いんですねえ」

　鰻屋の座敷でそう言うと、

「趣味ですもの」

　というこたえが返ってきた。清水夫妻の、「唯一《ゆいいつ》の共通の趣味」だという。

「お葬式って素晴らしいものよ」

　情熱を込めて夫人が言い、

「人間はみんな、そこに向かって生きているわけだから」

　と、清水氏が補足する。白焼きをつつき、ゆるゆると杯《さかずき》を傾けながら。

　朝夕に配達される新聞の死亡欄を見て、これぞと思う人のお葬式にでかけるのだそうだ。

「死亡欄というのがまた味わい深いの。不条理なまでに簡潔なのね」

夫妻によれば、葬儀の場で故人との関係を詰問《きつもん》する人などいないそうだ。

「どんな人のお葬式にいっても、神妙で敬虔《けいけん》な気持ちになるの」

だからお香典も、心からきちんと包むという。

お葬式について語るとき、夫妻はどちらも饒舌《じょうぜつ》になった。妻はともかく清水氏には物静かな印象を持っていたので、私はすこしおどろいた。

「愛された人も、愛されなかった人も、成功した人も、途中で失敗をした人も、みんなが知っていることも、秘められたままのことも、すべてがそこで解放されるわけです。そこまで。あとはなんにもなし。解放」

私はお葬式をそんなふうにとらえたことがなかったので、新鮮な気がした。

「新鮮ですね」

それでそう言った。清水氏は私の顔を見て、次の瞬間、じつに嬉しそうな笑顔になった。

「そうなんです」

目をみつめられ、私はどぎまぎした。

「今度、あなたもぜひいらっしゃるといい。清々《すがすが》しいですよ」

私はきゅうりの酢のものをのみこんだ。清水氏の口調は、たとえば星の好きな少年が、プラネタリウムについて語るそれに似ていた。

夏の終わりに、私の恋はすこし進展した。好きな男とはじめてベッドを共にしたのだ。たがいにぎこちないひと時だったが、満足感はあった。武信に報告すると、武信も祝福してくれた。

「俺もさ」

そして、訊きもしないのにそう告白した。

「俺もちょっといいと思ってる子にさ、へへ、まあいい調子ってことだよ」

へへ、がすごくいやらしかったので、

「いやらしい笑い方」

と言って電話を切った。でもまあ、お互いに「いい調子」なら、それにこしたことはない。

清水夫妻は、恋愛の結果として結婚したわけではないという。

「だってこのひと、男の筋肉に惚《ほ》れるタイプだから、僕じゃ全然駄目なんですよ」

清水氏は謙遜《けんそん》した。

「あら、このかただってね、はかない風情《ふぜい》の女がお好みで、あたしじゃ箸《はし》にも棒にもかからないのよ」

私たちは、例によって鰻屋の座敷にいた。私も喪服を着ていた。清水夫人に衣装を借り三人でお葬式にいった帰りだった。

「じゃあどうして結婚なさったんですか？」

興味があり、尋ねた。夫人はうふふ、と笑い、清水氏はふふ、と笑う。それから二人を代表する感じで清水氏のほうが、

「人の一生についての考え方が似てたからでしょうね」

とこたえ、横から夫人が、

「おなじだったから、とあたしなら言うわね」

と訂正した。

「慣用的な言いまわしに惑わされず、正確に言わなくちゃ」

それはつまり、夫婦揃《そろ》って葬式好きだということだろうか。私は胸の内でいぶかった。

その日の葬儀は、東京のはずれの斎場で行われた。亡くなったのは画家で、清水夫

人が言うには、「ぼやぼやっとした、心やさしい絵をかいた」人らしい。

知らない人のお葬式に参列するのは、はじめ、ひどく気が咎《とが》めた。悪いことをしているような、嘘《うそ》をついているような、誰かをだましているような気がした。いまにも誰かに呼び止められて、あなたどなた、と訊《き》かれる気がしてびくびくした。でも、それらはみんな、はじめだけだった。読経《どきよう》のあとで、参列者一人一人の献花があり、中央に飾られた故人の写真だけをたよりに、知らない者同士がしずかに営むその儀式は、私を穏やかさでみたした。それどころか、故人の知り合いだったら悲しみに邪魔をされて見えないかもしれないもの――荘厳《そうごん》さ、生をまっとうした、というあかるい清潔さのようなもの――が感じられて、このお葬式をいちばん客観的に見届けられる証人として、自分たち三人――しまうまを入れるなら四人――が、故人に歓迎されている、というか、故人と共犯であるというような、奇妙な意識に背すじののびる思いもした。

私は、清水夫人に借りた黒いワンピースの左胸に、小さな白いコサージュをつけていた。目立ちすぎるのではないかと心配したが、夫人が、「お葬式には何か特別な、ぴりっとしたものが要《い》るのよ」と言い、それに従った。従って正解だった。それは故人への敬意であると同時に、私が私自身として――義理でも何でもなく――そこに参列していることのしるしであるように思えた。

葬儀のあいだじゅう、しぼったヴォリウムでバッハが流れていた。

「カザルスね」

清水夫人がつぶやいた。

鰻は、生命そのものの味がした。葬儀のあとは鰻、と夫妻が決めているのもわかる気がした。私はいま生きていて、じっくり炙《あぶ》られた、脂《あぶら》の多い香ばしい鰻を、たれのからまったごはんと山椒《さんしょう》と共に味わっているのだ。

「でもびっくりしました。ミナさん、ほんとに涙ぐむんだもの」

コップにビールを注《つ》ぎ足しながら、思いだして私は言った。うふふ、と笑って、清水夫人は首をすくめる。

葬儀のあと、別室で軽食がふるまわれたのだが、「故人とはお仕事の御関係で?」――とか、「ほんとうにねえ、惜しいことをしましたわねえ」とか、あちこちで思い出話の交わされているその席に、夫妻は臆《おく》せず参入していった。前日のリサーチを元に、「あの展覧会はすばらしかったな」とか、「ほら、あれはいつでしたかしら、先生が車で事故にあわれたでしょう? でもあのときもすぐお仕事に復帰されて。気丈なかたでいらしたから」とか、見事ななめらかさで会話に加わった。画廊の女主人だという中年の女性が、

「先生は冗談がお好きで、おいしいものがお好きで、ほんとに粋《いき》なかたでいらしたのに。もういらっしゃらないなんて信じられない」

と言って涙ぐみ、

「入院中は病院の食事をいやがりましてねえ、でもあたくしは食べさせようと必死でしたから、いま思うとかわいそうで」

と未亡人が声をつまらせると、清水夫人は一緒になって涙ぐみながら、

「奥さまのお気持ちは誰よりも先生が御存知ですもの、感謝しておいでですわ、きっと」

と励ますのだった。

「このひとはすぐその気になるんでね」

可笑《おか》しそうに、清水氏が言った。

それから夫妻は鰻屋の座敷でお茶をのみながら、絵画についてひとしきり語り合った。清水氏は北斎をほめたたえ、夫人は荻須《おぎす》高徳《たかのり》を好きだと言った。私としまうまは黙ってそれを聞いていた。窓からの風に、かすかにお線香の匂《にお》いがするような気がした。

それからも何度か、私は彼らとお葬式にでかけた。夫妻が前日に電話をくれて、あした誰それのお葬式があるけれどどうか、と尋ねてくれるのだ。それは、大きな企業の重役の葬式だったり、学者の葬式だったり、ときには全然有名じゃない、近所の誰それの葬式だったりした。

私はその魅力に徐々にとりつかれていった。実際、葬儀は美しく潔《いさぎよ》いセレモニーだった。死は、親しい人にとってだけじゃなく、誰にとっても明らかな事実であり、欠落なのだ。私は、会社を忌引にして葬儀にでたりもした。それはなんとなく、使命のような気がした。死者が待っているような、あるいはまた、私自身の内部で、何かが欲しているような。

恋は、いまひとつ盛り上がらなかった。表面的には順調で、デートを重ね、身体《からだ》も重ねたが、充実感にとぼしかった。

「そうねえ」

ある夜、清水家の居間でそれを告白すると、夫人が首をかしげた。

「恋は、本気ですると死とおなじくらい強烈なものだけれどねえ」

もう扇風機はなく、かわりにガスヒーターが置かれていた。

「そうだねえ」

清水氏もおなじように首をかしげ、

「でも死の強烈さを知ってしまったら、ちょっとやそっとの恋じゃおもしろくないだろうねえ」

と言って、同情的に微笑《ほほえ》んだ。

「厄介だねえ」

と。

私は、ブランデーを練り込んだチョコレートを食べ紅茶をのみながら、いままで両親からも友達からも恋人からも得たことのない「完璧《かんぺき》な理解」ともいうべきものを、清水夫妻から得ているという心地がした。

「我々はもうひととおり経験しつくしたからいいけど、あなたはまだ若いから、困るだろうね、実際」

「経験しつくした?」

夫妻は揃《そろ》ってうなずいて、悪びれもせず、互いに相手の「経験」について、かいつまんで説明してくれた。

「このひとは元来感情的だからね、恋に溺《おぼ》れる資質は備えてるんだ。二十も年の離れた男に惚れて、その男の妻と『対決』したり何だりしてさ、駆けおちした途端に相手が病気になって」

清水氏が黙ったのでまができた。

「それはきみが幾つのときだっけ？」

二十二です、とこたえた夫人は、おどろいたことに微笑んでいた。

「そのかた、亡《な》くなったんですか？」

好奇心をおさえきれずに尋ねると、夫妻は揃って首を横にふった。

「入院して、衰弱して、うわごとに奥さんの名前を呼ぶものだから、帰してあげないわけにいかなくなったの」

そしたらね、と言って、夫人は涼しげに小さな声をたててわらった。

「そしたらその後持ち直してね、葉書をくれました」

「ああそうだ、葉書がきたんだったね」

清水氏は言い、壁を指さした。

「あれだったね」

色褪《いろあ》せた絵葉書が、壁に貼《は》られていた。

「このひともね、こう見えて情熱家だったらしいの。あたしは知りませんけどね、留学先のデンマークで、生涯をかけた恋をなさったのよね。アルバム、お見せしたら？」

それも、その居間に置かれていた。ベージュの布貼りの厚ぼったいそれは、どの頁《ページ》もどの頁も、幸せそうな若い恋人——清水氏とそのデンマーク人女性——の写真でいっぱいだった。

「まわりの反対をおしきって結婚して、でも、そしたらこのひと、彼女をおうちに閉じ込めちゃったの」

可笑しそうに夫人が言い、清水氏も横で微笑して、

「色恋は人を狂わせるからね」

と、なつかしそうに相槌《あいづち》を打った。なんでもその軟禁は警察沙汰《ざた》にまでなったのだそうで、聞けば聞くほど凄絶《せいぜつ》な話なのだった。

私は困惑した。夫妻の過去にではなく、その過去を、別の人との別の恋の記憶を、夫妻が隠さずに語るばかりか、家の中にその記憶が充満しているみたいに思えたからだ。居間ではガスヒーターがぼんぼん燃えているのに、私はなんだかしんと寒い気配を感じた。ステレオの蓋《ふた》の上で寝ているきいろは、このころにはもうすっかり「清水家の猫」になっていて、私が訪ねてもお客を見るような目で、ちらっと視線を送ってくるだけになっていた。

その年の暮れに、私は恋人に結婚を申し込まれた。恋人はおない年で、清掃用具の会社の営業をしている。裏表のなさそうな、やさしい男だ。

私は、でもすぐに返事をすることができなかった。ばかばかしいことだが、お葬式を想像できないことが理由だった。たとえばこの男と結婚して、いつか私が死んだら、この男が喪主になるのだ。男の抱えた四角い箱——白い布に包まれた、中に骨壺《こつつぼ》の納められた四角い箱——の中に、私の骨が入っている。あるいは男が先に死んだら、私が未亡人としてお葬式をだすのだ。それもまた、全然想像のできないことだった。

私は恋人に、清水夫妻のことをすべては話していなかった。猫をひきとってもらったことや、その後ときどき遊びにいくこと、お葬式に出るのが趣味で、私も一緒にいったりすることは話した。でもその頻度——月に二、三回は参列している——は明らかにしていないし、夫妻の生活ぶりや過去についても、一切言っていなかった。

年があけ、その年最初のお葬式は、著名（らしい）医学博士のお葬式だった。私は冬のボーナスで喪服を買ったので、もう清水夫人に借りなくてもよくなった。白い小さなコサージュも、勿論《もちろん》買った。

夕方には粉雪の舞った寒い日で、出棺を見送るときには手と足と顔がかじかんだ。

「あら、上等なおまんじゅうだ」

鰻屋の座敷で、しまうまを膝《ひざ》にのせ、清水夫人は嬉《うれ》しそうな声をだした。このひとはもう、ひと目見ておまんじゅうの質の良し悪しがわかるようになっている。

「このひとはね、自分の葬式に紅白のまんじゅうをだすって言うんだよ」

清水氏が言った。

「直径三センチの小さなやつで、あんはうすむらさき色にみえるくらいに淡いこしあんにしたいんだったね」

夫人は神妙な面持ちでうなずき、

「よろしくお願いします」

と言う。

「あたしが愉《たの》しく生きたっていうことをね、みんなに憶《おぼ》えててほしいの」

私はふいに淋《さび》しさを感じた。目の前にいる清水氏も清水夫人も、それに勿論私自身も、みんないつか死ぬのだ。

「死はやすらかだねえ」

清水氏が言い、

「ほんとうに」

と、半ばうっとりした風情《ふぜい》で、夫人がうなずいた。私はその日の祭壇に、白い菊の額に入って天井からぶらさがっていた、にっこり笑っている老医学博士の、大きな白黒写真を思いだしていた。

私の忌引が多すぎる、というので、会社でちょっと問題になっていることは知っていた。同僚たちが妙な噂《うわさ》をささやいていることも。共通の友人からそれを聞いた武信は心配して、清水夫妻にあまり深くかかわらないほうがいい、と言ったりした。

でも私は清水夫妻と過ごす時間が気に入っていた。彼らと話していると物事が平明に感じられ、日常の些事《さじ》がどうでもいいことに思われた。

一方で私は、お葬式に足しげく通う自分に、説明のつかない不安を感じてもいた。死の強烈さの前では、他のすべてのことが色褪《いろあ》せてしまい、恋愛を含む自分自身の日常に、現実感がなくなるのだ。

「危ないじゃん、それ」

『ビア・ファーム』という、学生時代からよく来ていた店でイギリスのビールをのみながら、武信は言った。

「葬式マニアなんて恐《こわ》いと思わない？」

思わない、と、私は即答した。

「武信も一度行けばわかるよ」

武信は首をすくめた。

「何度も行ったよ、葬式なんて」

私は首をかしげ、にっこり笑った。その仕種《しぐさ》が清水夫人みたいだったということに、自分では気づいていなかったと思う。

「ちがうよ。知らない人のお葬式。おじいちゃんとかおばあちゃんとか、取引先の人とかのじゃなくてね」

私は説明しようとした。

「特別な感情や血のつながりや、思い出や義理や利害関係のない人のお葬式。一人の人間が生きて死んで、そのことを単純に見届けるための参列をするとね、しみじみしちゃうの。穏やかで荘厳《そうごん》で、すごく安心な気持ちになる」

武信には、でも全然わからないようだった。

「私ね」

それで私は話題を変えた。

「求婚、断ることにした」

武信はきょとんとして、

「キューコン？」

と、カタカナの発音で問い返した。

「言わなかったっけ？　私、求婚されてたの。でも、やめにした」

少しは動揺してくれるかと思ったが、武信は落ち着き払って私を見つめ、

「ほんとに？　もったいなくないか？　そんな奇特な男」

と、言った。

清水夫妻はあいかわらず突飛で、もし二人がいっぺんに——事故などで——死亡した場合、きいろとしまうまを遺産相続人兼喪主にするよう遺言状を書いた、と言った。自分たちの人生はもう「余生」なので、お気楽なものなのだ、とも。

私は自分の人生をまだ「余生」とは思えない（駆けおちもしてないし、軟禁したこともされたこともない）けれど、幸か不幸か、夫妻の影響で、お気楽というかやや太っ腹な女になったなと思う。あいかわらず葬儀には参列している。会社を休むのはやはり差し障《さわ》りがあるので、土日限定にした。

清水夫人同様、私もいつか自分が死んだとき、愉しく生きたことをまわりの人たち——両親とか、武信とか——に憶えていてほしいなと思う。だからそのためにも愉し

く生きたいと。

求婚を断ったことで、恋人とはけんか別れになった。私と武信の共通の友人たちは、またしても、すわ元鞘《もとさや》か、とさわいでいる。

ケイトウの赤、やなぎの緑

I

そもそも私は子供のときにテレビで観《み》た「ペリー・メイスン」シリーズに憧《あこが》れて、弁護士になりたいと思っていたのだし、恋人は欲しいけれど夫などという面倒なものはいらない、と思っていた。

それなのに現実はといえば、光学機器を造る会社の事務職員になり、二十七歳にして、二度目の結婚をしてしまった。一体どういうことだろう。

ともかくその結果、私の人生はちょっと厄介なことになっている。

テレビのペリー・メイスンシリーズの、ＢＧＭをよく憶《おぼ》えている。だっだーん、だっだ、だっだーん、だっだ、というのだ。それを聴くと小学生だった私はわくわくし、恰幅《かっぷく》のいい、穏やかで論理的なペリーの、見事な手際《てぎわ》を予期して早くも嬉《うれ》しくなるのだった。

「で？　きょうは何があったの？」

窓枠に片肘《かたひじ》をつき、愉《たの》しそうに弟が訊《き》く。

「言っとくけど、もう三時だからね」

櫛《くし》なんて絶対通らないだろうと思われる髪の毛は茶髪ではなくほとんど黄色で、モスグリンの防寒コートは、ホームレスの衣服みたいに着古されている。顔はきれいなのに。

「わかってる」

私は言い、弟のコートのポケットを探って、缶ビールとチーズ鱈《たら》を取り出した。電車がゆっくり動き始める。

「でもよかったじゃない、ぴったりの電車があって」

「どこがぴったりなんだか」

弟は笑った。自分のビールを反対側のポケットから取りだし、立ち上がってコートを脱いだ。

宇都宮の美術館に、ブルックリン美術館からドガが来てるんだ、と弟が言い、絶対行かなきゃ、と目を輝やかせて言うので、私たちはいま新幹線に乗っている。正午に東京駅。そういう約束だった。靴屋の店員をしている弟の休みの日にあわせ、私が有休をとった。ところが私の人生が混乱をきわめているために、家をでられず、二時間四十分も遅刻してしまったのだ。

「亜紀がおしかけて来た」

私は言い、ビールを飲んで、椅子《いす》の腕からテーブルをだして缶を置いた。私の夫は女たらしであり、男たらしであり、つまり何というか、ある種の博愛主義者なのだ。

「郎《ろう》を私に紹介したのはあんたなんだから、責任の一端はあんたにもあるんだからね」

新幹線の車内は暖房がききすぎていて暑く、いちばん前の座席なのをいいことに、私は靴をはいたまま、前の壁に両足をつっぱる。

「責任って何のさ」

弟は可笑《おか》しそうに訊き、

「私の人生の混乱のよ」

と私がこたえると、眼球をぐるりとまわしてみせる。

「知らないよ。ちなみが勝手に郎とつっぱしったんじゃないか」

それに、と言って、弟は微笑《ほほえ》む。

「それに、人生なんて誰のも混乱してるんだぜ、いつだって」

私はそれについて考えてみる。チーズ鱈を一本かみしめながら。窓の外はいまにも雨の降りだしそうな、寒そうな曇り空だ。

「そうね。あんたが言うと説得力があるわね」

そもそも弟は三歳のときからヴァイオリンを習っていて、おそらくはそのきれいな顔や早熟な言動も手伝って、天才だの神童だのと騒がれた。大人になったらヴァイオリニストになることを、本人も周囲も信じていたのだし、そうなれば弁護士とヴァイオリニストの姉弟だ、と、私は思っていた。弟は十五歳でドイツに留学し、二十歳で帰国したときにはヴァイオリンをやめていて、おまけにゲイになっていた。

宇都宮駅に降り立つと風が凍るほどつめたく、私は首をすくめた。三月だというのに、真冬みたいだ。

「なんか、淋《さび》しい感じの街ねえ」

私は言い、まるでそれが弟のせいででもあるみたいに、恨めしげな顔で弟をみた。

時間がなかったので駅前からタクシーに乗り、閉館直前の美術館に、なんとか入館した。山の上、雑木林の中、といった風情《ふぜい》の美術館で、建物は立派なのに全然人がいない。

「勿体《もったい》ないよなあ。俺、近所に住んでたら毎日来るけどなあ」

弟のあとをついて歩きながら、私は踵《かかと》の高い靴をはいて来たことを後悔した。

「ちなみ、うるさい」

振り返った弟に注意される。美術館の床というものは、随分音の響く構造になっているものだ。

「待ってよ、もっとゆっくり歩いて。急ぐと余計音が高くなるんだから」

おもしろい展覧会だった。フランスとアメリカの、それぞれを代表する印象派の絵を集めた展覧会。ドガの他に、モネやメアリ・カサットもあった。クールベや、シスレーも。

でも弟は、ドガの前から動かなかった。爪先《つまさき》を九十度にひらき、踵をつけ、兵隊みたいに直立して、一枚の絵だけをみていた。ずっと。

「ロビーにいるね」

ひととおりみてしまうと私は退屈し、弟に言った。ロビーのミュージアムショップには、絵葉書やポスターの他に、どういうわけか七宝焼のブローチや、手染めのスカーフなども売っていた。不思議な気持ちでそれらを眺めているうちに、私はふいに淋しい気持ちになった。淋しい、心細い気持ちに。

郎に会いたい。

そう思った。弟の言ったとおり、私と郎は勝手に「つっぱしった」。郎と私は空気がぴったりだった。私が二十七年間、郎が四十年間、別の場所で、別の時間を、どうにかこうにか生きてつくってきた空気が。

弟は奇妙なサロンに出入りしていて、ある日私は弟にくっついてそこに行き、郎と出会ったのだ。

あれがたった一年前のことだなんて信じられない。当時私は別な男と結婚していたし、郎には亜紀をはじめとする何人かのガールフレンドがいた。郎はともかく私には、結婚およびステディな男女関係は、重大かつ神聖なものだったはずなのだ。すくなくとも一年前までは。

あの日私がそこに行ったのは、弟が、そこでだけたまにヴァイオリンを弾く、と言ったからだ。

「べつにどうってことじゃないんだけど」

と、弟は言った。

「楽しい場所だから、気分がよくなって、音楽が欲しくなって、みんなもそう思ってる感じで、こう、自然にね。俺が弾いちゃうっていうより、音楽がでてきたがるみたいなんだ、変な言い方だけど」

と。

それは私には由々しきことに思えた。「一卵性姉弟」とか「キンシンソーカン」とか、子供のころから他人にからかわれるほど仲のよかった姉の私の前でも、弟をあんなに愛し、かわいがって、留学までさせてくれた両親の前でも、さらに弟の才能を評価し信じてもくれた、シュルツだったかシュトルツだったか忘れてしまったが、ドイツの学校の教授の前でも弾くことを拒否したヴァイオリンを、別の場所で「ときどき弾いている」なんて。

サロンといっても定期的な集まりじゃなく、ただの家で、いつも誰かが集まってくる、という場所だ。東京のはずれにあるおんぼろな一軒家で、風変りな夫婦が二人で住んでいる。借家なのだそうだ。やせていて背もそう高くないのに、髪と手足だけ随分ながい、その夫婦の妻の方が、

「みんなすぐ死ぬのに、土地なんか買いたがる人の気が知れない」

と言っていた。何事につけ、そういう物言いをする女性なのだ。

「まあ、僕たちには子供もなくて、誰かに何かを残さなくてはならないってこともないしね」

妻に較《くら》べると論理的な夫が、そう補足した。でも、あの家には子供もうじゃうじゃしてる。はじめは親戚《しんせき》の子かと思ったが、そうではなく、単に近所の子供なのだという。昭和初期に建てられたというその日本家屋は無論庭つきで、その庭には年中雑草がはびこっている。

数年前に、弟はそこに、ゲイの友人の一人につれていかれた。居心地がよくて、いっぺんで気に入った、と、弟は言う。

私はそこで、郎に出会ったのだ。女たらしで男たらしで、やさしくて身勝手な、不良中年の郎に。

サロンに集まる人々は、子供をのぞくと半分がゲイだ。そのまた半分が医者で、どういうわけか、医者率の高い集まりだ。言っておくけれど、郎はそのどちらでもない。彼はイヴェントプロモーターで、博愛主義者ではあるが異性愛者だ。

私の人生の混乱は、あのサロンが始まりだった。

ロビーの隅の喫煙所で煙草《たばこ》を吸っていたら、蛍の光と閉館を告げるアナウンスが流れ始め、それと一緒に押し出されるように、弟が戻ってきた。顔つきが嬉々《きき》としている。音楽や絵画、それにある種の映画や芝居は、弟をいつも高揚させるのだ。

「堪能《たんのう》した？」

私は訊き、灰皿で煙草をもみ消しながら立ち上がった。カツン、と靴音をたてて。

おもてにでると、おどろいたことにひらひらと雪が落ちてきていた。ガラスをふんだんに使った美術館の近代的な建物と、枯木ばかりの山の景色と、街に向かって下る広い坂道の上に。

「きれい」

私は言い、コートのポケットに両手を入れて、上を見上げた。吐く息が白い。

「怖いほど静かだね」

やはりポケットに両手を入れ、上を見上げて弟が言った。私は地上に視線を戻し、上を向いた弟の横顔にみとれた。

「きれいな顔」

私は感想を述べる。

すぐ横の駐車場はがらんとして、昼間にはおそらく観光バスなどもたくさん駐《と》まるのであろうその広いスペースには、職員の車らしい自家用車が二、三台駐まっているだけだ。

「ね、私たちどうやって帰るの？」

私が尋ねると、弟も一瞬表情をこわばらせたが、

「訊いてくる」

と言って、素早く美術館の中に戻った。

入口脇《わき》の公衆電話からタクシーを呼び、三十分待った。美術館の玄関を閉めに来た人が、気の毒そうに私たちをみた。小雪のちらつく中、ようやく来たタクシーに乗ったときには、日はとっくに暮れていた。

「寒かったあ」

身震いしながら私は言い、弟は、

「ひどく腹が減ったな」

と、言った。

街に戻るとネオンがところどころにまたたいていた。寒いことは寒いが、雪などどこにも降っていない。駅前の餃子《ぎょうざ》屋に、私たちは入った。店のまんなかで、石油ストーヴが燃えていた。

ビール二本と、餃子二皿を頼んだ。

「で？　亜紀ちゃんは何だって？」

小ぶりの、ぱりっと焼けた餃子をつまみながら、愉しそうに弟が訊いた。特別かなしいことがあったとき以外、弟はたいてい愉しそうなのだ。

「聞いてよ」

私は勢いよく話し始める。人が外出するために有休を取ったとわかっている日の午前十時に、約束もなく訪ねてくるおしゃべりで助平で無遠慮な女のことを。

市原亜紀は、高校在学中にヘヴィな鬱病《うつびょう》にかかり、自殺未遂を何度もして、入退院をくり返したのだそうだ。おまけに、本人の言葉を借りれば「鬱病の果てに意図的に妊娠」し、「中絶させられないように秘密にしていたのに、結局流産した」。それだけ聞くと痛々しい話だが、二十一歳になるいまはもうすっかり回復し、「家事手伝い」とは名ばかりの、おしゃべりで助平で無遠慮な、美女のくせに口の悪い、まわりが手を焼く女になっている。

「遊びに来たの」

ドアをあけるとさっさと靴を脱ぎ、部屋にあがりこんで亜紀は言った。亜紀に言わせると、私は「ブスのくせにあたしから郎を横取りしたとんでもない女」なのだそうだ。

もっとも、その点に関しては、私は郎の言葉を信じている。

「まさか。亜紀とはなんにもないよ。彼女には指一本触れてない。まあ、勝手に脱いじゃった服を着せようとして、身体《からだ》に触らざるを得なかったことは何度かあるけどね」

「有休取ってるんでしょ、きょう。だったらゆっくりしてもいいよね、あたし」

果物の好きな郎のために私が買っておいた日向夏《ひゅうがなつ》を、台所から取ってきたナイフでくるくるむきながら、亜紀は言った。

「冗談じゃないわ。私はこれからでかけるんだから、それ食べたら大人しく帰ってね」

知ってる、と、亜紀は言った。

「弟とでしょ。郎に聞いたわ。あたしたちメル友なの。何でも話しあってるのよ。メールって、普段誰にも言えないようなことまで、素直に打ちあけられちゃうの」

「誰にも言えないことって何よ」

私は別のナイフを取ってきて、まけじと自分でも日向夏をむいて食べた。私と亜紀のまわりだけ、涼しく苦い柑橘《かんきつ》類の匂《にお》いがたちこめる。

「妻のセックスに不満だとか」

「嘘《うそ》」

「妻がブラザーコンプレックスだとか」

「嘘」

「妻がでべそだとか」

「嘘」

ついに私は笑ってしまう。

「お行儀の悪いことばかり言っていないで、早く帰りなさい」

亜紀は笑わなかった。私をじろりとみて、

「つまんない」

と言った。

「このごろちなみさんちっとも挑発にのらないのね」

と。

「結婚したからって安心しちゃうなんて最低。いいわよ、でかけても。あたしが留守番しててあげるから」

ほっそりした手をのばし、二つ目の日向夏を取ってむき始める。

「そのかわり、帰ってきた郎にあたしが何をしても文句言わないでね」

こういうとき、私はほんとうに困惑する。一体どう対処していいのかわからなくなる。郎を含め、あのサロンに出入りしている人々には、どこかはかり知れない強さ——それを強さと呼んでいいのかどうかわからないが、私にはそう思える——があって、それがときどき弱さにも似てみえるために、人を困惑させるのだ。もしかしたら逆なのかもしれないけれど。

亜紀は結局一時すぎまでうちにいた。部屋の中を見回し、

「ここ、いつ来てもみすぼらしいね」

と、言ったりした。

「郎って一応イヴェント会社の社長でしょ。なんでこんなビンボくさいところに住んでるの？」

ね、官能的な音楽はない？　と言い、サンタナとかベートーヴェンとか、と言い、テレビの下のひきだしを物色して、これでいいわ、と言ってローリングストーンズをかけた。亜紀の音楽の好みはわかりやすい。

音楽にあわせて身体を揺すり、

「郎に電話しようよ」

と、言った。

ビールを一本追加注文し、弟はあいかわらず愉《たの》しそうに話を聞いている。

「それで？　最後はどうやって帰したのさ」

カウンターごしにビールを渡してくれながら、餃子屋のおばさんが、

「あなた外人さん？」

と、おそるおそる尋ねた。弟の人生で、百回はされたであろう質問だ。

「ううん、日本人だよ」

弟がこたえると、おばさんはほっとしたように、恥かしそうにあははと笑った。

「なんだ、やっぱり日本人か。いえね、外人さんにしちゃあ言葉が、日本語が上手《うま》いなあと思ったんだわ」

おばさんははしゃいでいる。「言葉が」のところで、まるで外国人に対してボディランゲージを使うみたいに、口の前で手を握ったりひらいたりした。

「郎がメールであぁ言った、こう言った、ってまた嘘をつき始めるから、じゃあメールをあけてみましょう、って言ったの」

弟がぎょっとした顔で私をみる。

「嘘だろ？」

と言った。空のコップにも気づかないようなので、仕方なく私は手酌で自分のコップを満たし、

「ほんとよ」

と、先を続けた。

「郎はメールを消去しないの。全部とってあるから、すぐに見られる」

嘘だろ、と、弟はもう一度言った。亜紀の言葉とそっくりだ。

「信じられない」

と、亜紀は言った。私がパソコンのふたをあけたら、横に仁王立ちして、張りつめた声で。

「やめなさい」

命令口調だった。

「スイッチを入れたら、うしろから殴りかかるわよ」

びっくりして思わず顔をみると、目がかっとみひらかれていた。細い眉《まゆ》に力が入り、泣こうか殴ろうか迷っている子供みたいな緊迫感で、右手も左手もすでに握りしめられている。私には、彼女が本気なのがわかった。

「ひとの心の中を勝手にのぞくなんて最悪。ブタ以下よ。品性下劣だわ。そんなこと

を考えつくなんて信じられない」

私はため息をついた。

「心の中じゃないわ。これはただの機械じゃないの」

信じられない、と、亜紀はくり返した。私を、ミミズ嫌いの女がミミズをみるみたいな目つきでみつめながら。

私は自分が見苦しい生き物になった気がした。

「帰ってよ」

それでそう言った。

「いま帰ってくれたら、これは開けないわ」

しばらくどちらも動けなかった。私は恥入り、一体なぜこの子のためにこんな思いをしなくてはならないのかわからなかった。

亜紀は帰ったが、帰る前に捨てゼリフを吐くのは忘れなかった。

「ひどい女ね」

傲然《ごうぜん》とあごを上げ、私をまっすぐに見て、そう言った。軽蔑《けいべつ》しきった声だった。

私が亜紀を苦手なのは、たぶん彼女がまっとうすぎるからなのだと思う。まっとうで、まっすぐで。私に言わせればそれは暴力だ。

「よかった」

弟が言った。私は煙草に火をつける。

「じゃあメールは見なかったんだね」

「あたりまえでしょ」

私は言ったが、それは結果にすぎない。パソコンなんて大嫌いだ。

「そんな顔するのやめなさいよ」

煙を吐き、弟の鼻をつまんで、私は言った。

「あんな子のせいで、どうしてあんたが傷ついた顔になるのよ」

弟は大げさな身ぶりで両手をひろげ、

「亜紀ちゃんのせいじゃないさ、ちなみのせいだろう?」

と、亜紀に勝るとも劣らない正論を吐いた。


帰りの新幹線は、二人とも無口だった。弟は今度も窓側に坐《すわ》り、窓の外ばかり見ていた。私は文庫本をだし、それを読んだ。郎に借りた本だ。表紙にむさくるしいおじさんの絵がかいてある。おじさんはダンボール箱に腰掛けて片手であごを支えており、ずぼんから黄色いタオルがとびだしている。

「東京に着いたら、もう一杯のんでいく？」

表情の読みとれない声で、弟が言った。窓の外は濃い闇《やみ》なので、車内が映ってしまって何も見えない。弟がさっきから何を見ているのか、私は不思議に思っていた。

「行く」

あまり嬉《うれ》しそうに響かないように、気をつけてこたえた。

郎はいつも帰りが遅い。私の仕事は滅多に残業がないので七時には帰宅しているが、郎が帰るのは深夜だ。人脈勝負の仕事とはいえあんまりだ、と、私は思う。どこまで仕事なんだか、わかったものじゃない。

「何むくれてんだ？」

可笑《おか》しそうに、弟が言った。

たった半日の遠出だったのに、東京駅に降り立つと、私は安心な気持ちがして嬉しくなり、

「乾いた街の夜の匂い」

と言って、上を向いて鼻で息を吸った。

「軟弱だな、ちなみは」

弟が笑う。

一杯のむ、といえば西片《にしかた》に決まっている。そこに、弟の入りびたるバーがあるのだ。小さな店で、おそろしく暗い。重々しいカーテンが壁のあちこちにたっぷり襞《ひだ》をとってさがり、天井から、幾つもの空の鳥籠《とりかご》がぶらさがっている。ドラキュラがでそうな店だ。現に、ドラキュラの血、という名前のいい匂いのお酒を置いている。

「いらっしゃい」

黒い重い扉をあけると、この店のオーナーであるゲイのカップルが出迎えてくれた。片方はスキンヘッドで、片方は黒髪を短く刈り上げている。二人ともとっくに中年を過ぎた年齢だが無駄のない身体《からだ》つきをしており、挙措動作が華やかで、話術に長《た》けている。

「あら、ちなみちゃんも一緒？　めずらしい」

黒髪の方が言った。店のなかは、線香と香水のまざったような匂いがする。きっと何か焚《た》いているのだ。

弟がここに入りびたるのは、でもこの二人のためではない。

「おう」

カウンターの内側から男が言い、弟もおなじ言葉を返して片手を上げ、スツールにまたがるようにして坐った。

「こんばんは」

私は言い、弟の隣に腰掛ける。男と弟は、私などそこにいないみたいに見つめ合う。

「寒いね、きょうは」

男が言い、

「うん」

と、弟がこたえる。たったそれだけのやりとりにも愛が迸《ほとばし》っていて、私はおやまあと思う。この店で働いているこの男が弟の現在の恋人であり、弟をあの家にひっぱり込んだ張本人なのだ。また、弟がはじめて恋におちた日本人でもある。

「ボウモアをロックで」

私は言い、カウンターに片肘《かたひじ》をついて、見つめ合う恋人たちを観察する。

「寒いけど、うちのそばの木にはもう花が咲いてる」

桜？　と、弟が訊《き》いた。

「さあ。梅かもしれない」

弟はふきだす。

「聞いた？　ちなみ。紺《こん》ときたら桜と梅の区別もつかないんだぜ」

はいはい、と、私はうなずく。随分愉しそうだこと。

「花だろ、どっちも」

男はぼそぼそと言った。

弟が同性愛者だということを、私も両親も、いまでは受けいれている。結局のところ、たいしたことではない、と思う。弟が私たちのよく知っている弟であることに、変わりはないのだから。

ドイツで何があったんだろう。

私はときどき考える。一体どんな男が、いつ、弟にそれを気づかせたのだろう。それは弟がヴァイオリンをやめる前かしら、後かしら。

考えても、でも仕方のないことだ。ドイツでの日々は、弟に言わせると「はじめてのリアル」で、「でももう過ぎたこと」なのだ。

憶《おぼ》えていることがある。

子供のころ、私たちの住んでいた家のそばに肉屋があった。肉屋では毎日コロッケを揚げていて、夕方になるといい匂いが漂った。弟はコロッケが好きだった。でも両親に買食いを禁止されていて、律儀《りちぎ》な弟はその言いつけを守っていた。勿論《もちろん》私は買食いをした。そのあたりに住む子供たちは、みんな平気でそれをしたのだ。

「半分あげる」

私が言っても、弟は頑として食べなかった。それでいて、両親に告げ口したりはせず、私がそれを食べるのを、せつなそうにじっと見ていた。熱い、油じみたそのコロッケの、胸やけしそうな味をよく憶えている。

「新婚生活はどう?」

私がつまらなそうな顔をしていたせいか、スキンヘッドがやってきて、にこやかに訊いた。

「郎ちゃん、いいだんなやってる?」

やってるわけねえじゃん、と、弟の恋人が口をはさんだ。この男はオーナーの二人と違って女性言葉を使わない。話術にも全然長けていない。私には、弟がこの男のどこに惹《ひ》かれたのか見当もつかない。もう三十歳をすぎているらしいのに、学生みたいに不器用でぶっきらぼうだ。大学を卒業し、就職する会社就職する会社、上司と喧嘩《けんか》をして辞めさせられたのだという。絵をかいているらしい。おもしろい絵だよ、と弟は言うけれど、私はまだ見たことがない。

「でもね、伸さん、ちなみは郎にべた惚《ぼ》れだから、結構影響されてるんだよ。きょうも電車で色川武大なんか読んでるの」

弟が言い、スキンヘッドと弟はあはははと笑った。何が可笑しいんだか。

「それより、亜紀をなんとかしてくれない?」

私は弟の恋人に言った。亜紀はこの男の言うことだけ聞くのだ。

「亜紀?　無理無理。あいつ子供だもん」

「子供はあなたの専門でしょう?」

ボウモアを啜《すす》り、私は言ってやった。あの家に遊びに来る子供は、たいていこの男が相手をしてやっている。

「亜紀も郎にべた惚れだもん。女の愛は見さかいがないからね」

にやりとして、男は言った。テーブル席で別の客の相手をしていた黒髪のオーナーが、

「そのとおりっ」

と言って、拍手をする。スツールの上で背をまるめ、塩をつまみにテキーラをちびちび舐《な》めていた弟がにっこり微笑《ほほえ》んだのも、勿論《もちろん》私は見逃がさなかった。

世の中っておかしなところだなあ、と私は思う。こんな世の中でペリー・メイスンにならなくて、よかったのかもしれない。

2

帰宅したちなみは酔っ払っていた。僕の首に腕をまわし、

「ただいま」

と言って、まわした腕に力を込める。

「おかえり。美術館はどうだった？」

僕の妻は力が強い。抱擁も、キスも、僕がひるむほど力強い。僕はそれが気に入っている。

「雪が降ったの」

ちなみは言った。

「寒かったわ」

コートを脱ぎ、部屋の中を見まわす。

「いま帰ったところ？」

「うん、十五分くらい前かな」

遅かったのね、と、ちなみは言った。僕は笑う。

「ちなみの方が遅かったじゃないか」

心外だ、と言うように、ちなみは目をまるくして僕を見る。それから鞄《かばん》から煙草《たばこ》をだして、一本くわえて火をつけた。僕も僕の煙草を吸う。

「だって私は弟と一緒だったのよ」

ちなみと結婚して三カ月経《た》つ。生涯独身を標榜《ひょうぼう》してきた僕にとって、それは我ながら青天の霹靂《へきれき》、驚天動地の大変化だった。

僕のためにちなみは前夫を捨て、ちなみのために僕は犬と猫を手放した。でも友人と自由だけは手放すわけにいかない。たとえちなみが僕の夜遊びについて不満に思っているとしても。

「誰といたの？」

「柿井と樫部《かしべ》」

僕は友人の名前を言う。

「ふうん」

ちなみは僕を横目で見て、煙草の煙を吐きだした。

一緒に幾つもの夜を遊べる仲間のいることが、僕の人生の財産だと思っていた。たとえば深夜のバーから携帯電話で誰かに電話をかける。留守電ならば伝言を残す。

「何で留守なんだ？　仕方ないな、またかけるよ」

相手がでれば、話は早い。

「いまどこにいる？」

「会社」

「まだ働いてるの？」

「うん。もうすこし」

「じゃ、終ったら来いよ。西麻布。うん、『ねじ』にいるから」

一時間後に、さっき留守だった奴《やつ》から電話がかかる。

「いや、みさとと飯食ってた。『ねじ』？　わかった、行く行く」

逆に僕が呼びだされることもある。

「桜がすごくきれいなんだよ、うん、九段下。酒屋で酒買ってさ、いま理加と二人なんだけど、お前もでて来いよ」

なんていうのはまだいい方で、

「ドライヴしようぜ、ドライヴ。いま大森と原と三人でいるんだけど、車とばしたいなあってことになって、でも俺たちもうかなりのんじゃったからさ、お前運転してよ。これからお前んちに行くからさ」

ということもある。

四十にもなってそんな学生みたいなこと、と、顔をしかめる人間にはしかめさせておけばいい、と、思っていた。そういうときにきちんと遊べる体力がないのなら、さっさと墓に入ればいい。

人生は愉《たの》しむためにあるのだし、相手が男であれ女であれ、会いたいと思ったときに会いたいし、そのときにしか行かれない場所、見られないもの、のめない酒、起こらないこと、がある。

遊ぶことの好きな連中は大抵貪欲《どんよく》だから、いい店を知っているし、おもしろい奴を知っている。入手困難なチケットの入手方法や、病気とも確執とも金銭とも無縁の快楽や、読むべき本や、聴くべき音楽や。

僕の友人たちの職業は様々だ。音楽関係者や服飾関係者、カメラマン、テレビ番組の制作者、大学教授および助教授、飲食店経営者。僕自身、講演会からトークセッション、地方の銘産品フェスティヴァルから子供たちのファッションショーまで、多種多様のイヴェントを企画・運営する仕事をしており、おもしろい人間との出会いは、公私共に財産なのだ。

夜と仲間と酒と遊興。

その生活を維持するために、僕はずっと独身を通してきた。黒いラブラドールと黒い雑種猫を飼っていて、それが僕の家族だった。ちなみに出会うまでは。

「要するにちゃらんぽらんなのね」

ちなみは鼻を鳴らした。

「子供みたい。私、子供みたいな男って大嫌い」

それが一年前のことだ。ちなみは両目の間隔がややあいていて、鼻が低く、口が大きい。アジアの子供みたいな顔つきの女だ。

おもしろい。

僕はそう思った。気の強い女は大好きだ。おまけに、当時ちなみは結婚していた。肉体関係を含んだ親友になるのに、ぴったりの相手に思えた。

肉体関係を含んだ親友、こそ、あのころまでの僕の理想の男女関係だったのだ。

ちなみと出会ったのは、友人の家でだった。僕は数年前にイタリアワインをめぐる催しを企画し、催しは盛況のうちに幕を閉じたのだが、そのとき知り合った通訳の女性と気があって、いまも友人としてつきあっている。

笑子、という名前のその女性が医者の夫と二人で暮らしている家は、おもに夫の友人たちの溜《た》まり場になっており——ちなみはそれを、あやしいサロンと呼ぶのだが

――、僕もしばしば顔をだすようになった。

そこでの奇妙なできごとの数々は、ちなみにも、まだすべては話していない。

正直に言えば、僕には下心があった。笑子はユニークな女だったし、頭がよかった。ともかくそれが、一緒に仕事をした僕の印象だ。おまけに理解のある夫を持っていた。笑子の仕事にも、交友関係にも、この夫はひどく寛大なのだ。

「笑子をよろしくお願いします」

実際、僕はそうまで言われたほどだ。

やがて、すこしずつ事情が明らかになった。笑子の夫には妻公認の恋人がいて、しかもそれは年若い男なのだった。

おもしろい。

僕は思った。だいたい、僕は良識とか常識、あるいはいっそ世間体と言った方がわかりやすかったりもするような、下らない枷《かせ》を軽蔑《けいべつ》している。そんなもののない方が、よっぽどすっきりするのに、と思っている。だからこそ女ではなく犬や猫と暮らしていた、と言ってもいい。

笑子と夫の生活は、僕の興味をかきたてた。

僕と笑子は、しかし僕が期待したような関係にはならなかった。笑子は頑として、夫以外の男に興味がないと言い張るのだ。

「それはフェアじゃない」

僕は言ったものだ。

「あなたはあなたで、ちゃんと人生を愉しまなくちゃ」

彼女の身体《からだ》に興味がなかったわけではないが、そのころにはそれはもう僕にとって二次的な問題にすぎなかった。僕は笑子に、たとえ相手が僕でなくても、人生をもっと愉しんでほしかった。

僕は彼女の家に足繁《あししげ》く通った。夫のゲイ仲間だの恋人だの、元の患者だのその友達だの、そこにはいろんな奴が出入りしていたが、笑子自身の友人や家族はいなかった。僕には、それはばかげたことに思えた。ひどくアンフェアで、不十分なことのように。

もっとも、笑子自身は僕の懸念《けねん》を、

「ちゃんちゃらおかしい」

と言ってすませていた。

「郎はいつも半分しか正解しない。残りの半分は、郎には逆立ちしたってわかりっこない」

と。

おもしろいことに、彼女の夫の方が僕の言わんとすることを理解してくれた。

「笑子は慎重すぎるんだと思う」

と言った。

「危険分子は全部排除しちゃうんだ」

と。笑子の夫によれば、「危険分子」とは彼女の過去とつながったもの、彼女の両親や学生時代の友人たち、独身だったころの彼女の人生の一切合財なのだそうだ。

「ボーイズ」

笑子は、夫も僕も夫の恋人も含め、その家に集まる男たちをしばしばそう呼んだ。

「いつまでも下らないことを喋《しゃべ》ってるんなら、二、三人おもてに行って、ビールの追加を買ってきてちょうだい」

僕の目に、笑子は神々《こうごう》しいほど単純な女として映った。単純な女というのはほとんど言語矛盾だが、おどろいたことに彼女にはあてはまるのだ。犬や猫とおなじくらい単純な、そして信頼するに足る女。

笑子が泣くのを、一度だけ見たことがある。夫が年若い恋人に捨てられたときだ。紺、というのがその恋人の名前なのだが、こいつが別の男と恋におち、あろうことかそいつをあの家に連れていったのだ。

それはもうすさまじいことになった。夫は家をとびだして二日戻らなかったし、笑子は紺を殴るし、それを止めようとした、紺の新しい男まで殴った。ハーフみたいな顔をした、紺よりさらに年若い男だった。

結局、僕が力ずくで笑子をおさえなければならなかった。笑子は泣いた。紺は頑固だった。笑子が泣こうがわめこうが、帰ろうとしなかった。「絶交」を言い渡されても物ともせず、新しい男を連れて何度でもあの家に現れた。

「呆《あき》れるよ」

僕は男同士の色恋に興味はないが、二日後に帰ってきて幽霊みたいに暮らしている夫ではなく笑子のために、紺に苦言を呈した。

「二人でしっぽりやっていればいいだろう。どうしてわざわざ見せびらかしに来るんだ」

紺は殺意さえ感じられる目つきで僕をにらんだ。

「ほっとけよ」

そのひと言で、僕は内臓にも鳥肌が立つのだと知った。

「お前に何がわかる。俺と睦月《むつき》と笑子ちゃんの、お前に何がわかるんだよ」

低い、怒りのこもった声だった。それでいて落ち着いた、相手に有無を言わせない意志と迫力のある声。腹をくった奴の声だと思った。

「郎」

煙草を吸いおえたちなみが言った。

「何？」

「灰が落ちるよ」

見ると僕も手に煙草を持っており、それはすでに一本まるごと灰になっていた。

「のどかわいちゃった」

ちなみは言い、立ち上がる。

「郎も水をのむ？」

いや、いい、と、僕はこたえた。

ちなみは、ある日笑子の家に現れた。

「占部くんのお姉さんなの」

笑子が僕に、そう紹介した。僕には理解できないあの人々の野性の掟《おきて》みたいなものによって、紺の新しい恋人である占部くん――ちなみの弟――は、そのときにはすでに、あの家の主要な仲間の一人になっていた。

「郎！」

台所で水をのみながら、ちなみが大きな声をだした。

「来て！」

行ってみると、ちなみは流し台を背にして立っている。両手を広げ、怒ったような顔つきで抱擁を要求した。応《こた》えると、ひるむほどの力で抱きしめられた。立ったまま片足もからめてくる。

「遠くにいないで」

僕の首すじに顔を埋めたまま言った。

「ここにいるときは、得体の知れない人たちのことは考えないで。ちゃんとここにいて」

現実のちなみの背中、髪、腰、そして足。いままで別の場所で別の人生を生きてきた一人の女を、夜中の台所で僕は抱きしめている。それはほとんど信じられないことに思える。とても受けとめきれないものを受けとめているような、飛び込んでくるはずのないものが飛び込んできたような。

「わかってる」

僕は言った。

「わかってるよ」

腕の中で、ちなみが大きく息を吐いた。

「よろしい。忘れないようにね」

乾いた声で、言い渡された。

ちなみとはじめて会った日、あの家でちなみは周囲から完全に浮いていた。だいたい、無職か医者かアーティストくずればかりのあの場所に、光学機器を造る会社の事務職員が現れること自体珍事なのだ。しかも弟のヴァイオリンを聴きに来た姉だなんて。

ちなみはすすめられるままに椅子《いす》にすわり、ひっきりなしに煙草を吸っていた。

「光学機器って、具体的にはどんなものなの？」

話し相手がほしいだろうと思って、そう尋ねた。

「プリズム双眼鏡とか、眼鏡照準器とか。望遠鏡もそうです。磁気コンパスも」

そっけない返答だった。

「いずれにしても、私はただの事務だから」

酒ののみっぷりだけは、あの家の他の客にひけをとらなかった。酒豪笑子に、勝るとも劣らないのみっぷりだった。

ちなみは何度も現れた。そして、何度現れてもその場にうまくなじまなかった。

「もっと楽しそうにしたら？」

口の悪い亜紀が、よくそう言ってつっかかったが、ちなみは平然と、

「そんなに楽しくないもの」

と、こたえた。亜紀はどういうわけか僕を好いてくれていて、

「郎が甘やかすからこの女がつけあがるのよ」

と、言ったりした。

亜紀をたしなめることができるのは紺だけで、ちなみをたしなめることができるのは弟だけだった。

笑子とその夫は、おもしろそうに僕らを見ていた。

「亜紀ちゃんは昔の紺みたいだな」

笑子の夫はそんなふうに言った。

ともかくちなみの何かに僕は惹《ひ》かれた。いつも物思わしげな表情であることや、周囲の誰彼を怪訝《けげん》な目で見てしまう正直さや、仏頂面《ぶっちょうづら》を決め込んでいるくせに、誰かの言った冗談にいちばんに反応して小さく笑ってしまうところやなにかに。

はじめて食事に誘ったとき、ちなみの返事は、

「やめた方がいいと思うわ」

だった。

「私は結婚しているし、ちゃらんぽらんな男は苦手だもの」

僕には、ちなみが迷っていることがわかった。

「食事に誘ってるだけだよ」

目を見て、やさしく言ってみた。

「いやらしい！」

ちなみは決めつけ、

「あの子供とでも行けばいいでしょう？」

とつけたして、

「人生なんて思うとおりにならないんだから」

と、しめくくった。発言こそ拒絶だったが、それは拒絶ではなかった。困惑となげやりの半々にまざった表情で、「思うとおり」という言葉を使ったのだから。

人生が思うとおりにならないものなのだとしても、人は思うとおりに生きるべきだ、と僕は思っている。

僕とちなみの関係の変化を、最初に見抜いたのは笑子だった。

「私たち二人とも、あの姉弟にやられたわね」

と、言った。おかしな言い方だと思ったが、そのとおりだという気もした。

僕とちなみは、二人きりで会うようになった。僕たちは身体の合性もいいことがわかった。五時間も行為に没頭したことさえある。ちなみは依然として僕を「ちゃらんぽらんな遊び人」扱いし、「こんな男のために離婚する気なんてない」と言い、「でも愛してる」と、そっけなくつけたしていた。

人なんてわからないものだ。

僕たちが互いの必要性に気づき始めてすぐ、ちなみは離婚を成立させていたのだ。

僕には一切知らせてくれずに。

「人妻のくせに郎を誘惑するなんて最低」

あの家の庭で、亜紀につめよられたときも表情を変えなかった。

「あなたの知ったことじゃないでしょう?」

ただ、そう言った。秋で、庭には鶏頭の花が咲いていた。その花の前で、亜紀とちなみはにらみあっているのだった。

ちなみは非常に強い女だ、と、僕は感心する。まあ、亜紀も別な意味で強い女なのだが。

「だいたい、寝るってことが陳腐じゃないの。寝なきゃ確かめられないなんて孤独な女」

亜紀は体ごとぶつかるみたいな勢いで暴言を吐き、見かねた紺が、

「亜紀」

と声をかけたのを、

「あんたは黙ってて」

と遮ったのはちなみだった。ちなみの弟は愉快そうに笑って、自分の恋人に、

「弟あつかいされてる」

と、指摘した。

「あたしは郎のこと、寝なくてもわかるもん」

亜紀が言いつのり、僕はちょっと胸を打たれた。あの家の空気に感化されすぎているとは言え、僕にとっては男冥利《みょうり》に尽きる発言だ。

「あのね」

ちなみが言った。

「寝てもわかるのよ、実は」

がっぷり四つ、なのだった。どうしていいのかわからずにいる僕の耳元で、

「おもしろいわね」

と、笑子がささやいた。笑子とちなみは、少し似ている。

その年の十二月に、僕とちなみは入籍した。笑子からは祝電が、亜紀からは弔電が届いた。ちなみはどちらも破壊して捨てた。

いま、ちなみは僕の隣で寝息をたてている。いつのまにか成立させていた離婚について、ちなみは、「法的な手続きは得意なのよ」と言い、「最初から、郎と結婚することになるのはわかってたもの」と、言う。「郎は私をひっかけたつもりかもしれないけれど、私が郎をひっかけたのよ」と。

そんなことがあるだろうか。

風変りな人々の中で居心地悪げに坐《すわ》っていた、アジアの子供みたいなベビーフェイスのくせに煙草ばかり吸う、平凡な事務系ＯＬのちなみが僕を「ひっかけた」だなんて。

3

憲悟と別れたとき、私はたぶん、永遠というものを信じなくなった。でも、それは郎に言わせると、あたりまえのことなのだそうだ。永遠はおろか、時間という概念も、人為的な架空の概念であるらしい。ほんとうに存在するのは瞬間だけなんだ、と、郎は言う。

春。私たちの住む小さなマンションの一室の、隅々にまでそれはみちている。日曜日。郎はなかなか起きてこない。きょうは、夕方あの家に行くことになっている。私はコーヒーをいれ、一人でそれをのむ。コーヒーメーカーのたてるこぽこぽという音。匂《にお》いに誘われて郎が起きればいいな、と思ったけれど、そういうことにはならなかった。

ガス台のまわりが汚れていたので、私は金属の枠やら輪っかやらを取り外して洗い、台をクイックルと布巾《ふきん》で拭《ふ》いた。

世の中には家事を完璧《かんぺき》にこなす男もいる、ということを、私はあの家で知った。

「災難ね」

いつだったかそのことを、あの家の妻に言うと彼女は大きくうなずいた。

「全く災難よ」

細い眉《まゆ》を持ち上げ、手に持ったウイスキーの氷をカラカラとまわす。

「でも睦月は特別だから許すの」

睦月、というのが彼女の夫の名前なのだ。

「特別、ねえ」

彼女の夫は私の弟同様、同性愛者だ。

「ねえ、同性を好きになる気持ちってわかる?」

私は訊《き》いてみた。同性愛者の夫と十年も結婚しているなんて、私には想像もつかない。

「わかるわけないでしょう?」

頭を振って前髪を払いのける。

「下らないことを訊くのね」

私は彼女が嫌いではない。ただ、理解できないと思う。理解できないものは苦手だ。

十一時。もう郎を起こしてもいいころだ。私は勢いよく寝室のドアをあけ、ふくらんだベッドにおおいかぶさる。ほんのすこし前までは、別な男にしていたように。

「おはよう」

寝乱れてくしゃくしゃの、郎の頭に唇をつける。頬っぺたにもまぶたにも、パジャマの中のやわらかい皮膚にも。

永遠なんて、なくてもいい。全然、ちっとも、構わない。

パンと卵とベーコンで、たっぷりの朝食を摂《と》ったあと、私と郎は車ででかけた。途中、ペットショップで猫の玩具を、モンサンクレールでファーブルトンという焼き菓子を買った。

「約束、すっぽかしたらどうなるかしら」

助手席の窓をあけ、煙草を吸いながら私は言ってみた。

「いいお天気だし、どこかもっと遠くへ行く方がいいんじゃないかしら」

郎は運転が上手《うま》い。私は運転している郎を見ているのが好きだ。

「約束は守らなきゃ」

郎は言う。私はラジオをつけてみる。

郎とのはじめてのデートは、鮨屋《すしや》だった。二度目がタイすきで三度目が焼き鳥、四度目は蕎麦屋《そばや》だった。どこもおいしい小洒落《こじゃれ》た店で、私は、不良中年の面目躍如だ、と思ったものだった。

タイすき屋の帰りにキスをして、焼き鳥屋の帰りはぎくしゃくして何もなく、蕎麦屋の帰りに郎の部屋に行った。犬と猫がいて、私は動物の毛にアレルギーがあるのですぐに逃げた。追ってきた郎と、ラヴホテルに行って抱きあった。

そしてその翌日、私は憲悟に別れ話をしたのだった。

憲悟との三年間は嵐《あらし》の日々だった。私たちは学生時代につきあって、一度別れ、再会して愛情が一気に再燃し、結婚した。出会ったとき、私も憲悟も法学部に在籍していたが、結婚したときすでに私はいまの会社に勤めていて、憲悟は家業のガソリンスタンドを継いでいた。私たちは二世帯住宅というものの中で暮らした。家の中には、私が自分の仕事を特別好きでないなら辞めた方がいいのではないか、という空気が充満していたが、憲悟は、気にすることはない、と言ってくれていた。

私はあの家の中が嫌いだったが、閉店後のスタンドは好きだった。あちこち掃除して、まわりをぐるっと鎖で囲む、閉店仕度はよく手伝った。でも、それだけだった。他には役に立たなかった。

憲悟のお母さんは私によく物を買ってくれた。服だとか靴だとか。私はべつに欲しくなかったが、憲悟は、もらっておけばいい、と言っていた。

憲悟は働き者だった。私はその点で自分を幸せ者だと思った。スタンドで働いているときの憲悟は、動作がきびきびして美しかった。また、高校時代に体操部に所属していた憲悟は、お休みの日の朝にはよく一人でスタンドの裏で縄とびをしていた。ロッキーみたいに。

仕事が終わると、憲悟はたいてい両親の家で食事をした。うちに帰るとあとは眠るだけで、でも子供は待たれていたので、行為はたまにちゃんと行った。

あの日々。

それは私の想像もしない生活だったが、私は不幸ではなかった。こういうのも人生だろうと思っていた。

帰国した弟がゲイだということも、おなじころにわかった。

「かまわないだろ」

弟に言われ、私は、

「かまわないわ」

と、こたえた。

人生は、手に負えないものになりつつあった。なにもかもが、季節が変わるみたいに自分の外側で流れていた。抵抗することはできなかったし、自分が抵抗したいのかどうかもわからなかった。

そういうとき、郎に出会ったのだ。私の人生は私のものだ、と、思いださせてくれた郎に。

「私たち、別れた方がいいと思うの」

私が憲悟にそう言った日、スタンドは休みで、憲悟は縄とびをしたあとまた眠って起きて、食事をおえたところだった。

憲悟は驚かなかった。

「もう一度考えてくれ」

私には、言葉を吐く前に憲悟が小さく舌打ちをする音が聞こえた気がした。それが、なにか決定的なものだった。

「もう考える余地はないわ」

強い語調でそう言った。それは、郎とは関係のないことだった。違う。私にとっては郎と関係があることで、でも、郎には関係のないことだった。

窓が開いていた。物干しハンガーにタオルが二枚吊《つ》られていて、憲悟は立ち上がってそれをとりこんだ。

夕立ちがくるところだった。部屋の中も外も暗く、埃《ほこり》っぽくむうっとしていた。

憲悟は苦々しげなためいきをつき、ようやく、

「まいったな」

と、言った。

そうやって、私は物事をシンプルにしたつもりだった。すくなくとも平坦《へいたん》に。

憲悟との恋や、一瞬にせよ信じられた永遠や、派手に挙げた式や旅行や、そのあと

の幸福や不幸や、驚きやなぐさめや、いたわりや拒絶や、困惑や不信や、あきらめや安らぎや、滑稽《こっけい》さや真実味や、それらすべては弟の言う「はじめてのリアル」だったかもしれないが、「でももう過ぎたこと」なのだ。

「郎」

隣で運転している二度目の夫に、私は言ってみる。

「郎もちゃらんぽらんだけど、私もちゃらんぽらんなのね。いま気づいた」

郎は不思議そうに私を見る。

「ちなみが？」

そして笑った。

「犬アレルギーで猫アレルギーで、一度寝ただけで罪悪感に耐えかねて『法的手続き』をとっちゃって、朝はコーヒーだけでいいと言う男にたんぱく質と炭水化物と脂質をしっかり食べさせるちなみが？」

郎はときどき話の方向を間違う。あるいは見失う。

「そうよ」

私は軌道修正しなくてはならない。

「でも、ちゃらんぽらんでいる以外に生きる方法はないのね、きっと」

うぬぼれ屋の郎はそれについてしばらく考えて、

「僕に感化されすぎじゃないか？」

と、言った。私は愉《たの》しい気持ちになる。

「郎と結婚するって聞いたときは驚いたけどさ」

先月、宇都宮の帰りに寄ったバーのカウンターで、テキーラを啜《すす》りながら弟が言った言葉を思いだす。

「今度の結婚がいつまで続くにせよ、ちなみが愉しそうでよかったよ」

かつて、

「僕が世界的に評価されるヴァイオリニストになったら、ちなみにプールつきの家を買ってあげるよ」

と言った弟は、やけに暗いバーのスツールに腰掛けて背をまるめ、恋人と見つめ合いながらそう言った。

「愉しいのがいちばんだよ」

と。

弟が、自分の夫の恋人を奪ったとき、あの家の妻は泣いたのだという。私はそれを郎から聞き、弟に確かめた。

「複雑な事情があるんだよ、たぶん」

というのが郎の意見で、

「笑子ちゃんも紺が好きなんだと思うよ」

というのが弟の意見だった。

「三人でいることに慣れすぎてたんじゃないかな」

そう言ったときの弟の横顔に、淋《さび》しそうな翳《かげ》りがさしたのを憶《おぼ》えている。

私には、でもそれはどうでもいいことだ。自分の人生だけで手一杯だもの。きょうも亜紀と会わなくちゃいけない。それに、車の中は暖かくて、つい眠くなってしまった。

＊

「いま柳がきれいなの。見に来る？」

電話で笑子にそう言われ、僕とちなみはいま車に乗っている。ちなみはあの家に行くことをあまり歓迎していない。

彼らが独特だが穏やかなルールにのっとって暮らしていることを、僕はちなみに説明したいのだが、ちなみは聞く耳を持たない。

「フェアでいるのはやめて」

二言目には、そう言われてしまう。

「フェアなんて、大嫌い」

と。

「だから亜紀をいい子だなんて言うのはやめて。あの家の夫や妻をほめるのもやめて。いい子だろうと悪い子だろうとどっちでもいいわ。郎には特別っていう感覚がないの？」

勿論《もちろん》あるさ、と正直にこたえたりしたら、余計ちなみを怒らせることになる。

「じゃ、郎の特別って何？」

「みんな特別だよ。他にどういう特別がある？」

ちなみには、そういう理屈は通じない。

「遊び人」

と決めつけられるのがおちだ。でもたぶん、僕は彼女のそういうところをこそ気に入っているのだ。

「私だけを特別にして」

そんなことを真顔で言える女を、僕は他に知らない。

ちなみは眠っている。エンジンを止めても目をさまさないので、僕は一人で車をおりた。どっちみち、ヨルとの再会がすむまでちなみは家に入らないだろう。

三時五十分。約束の四時に十分早いが、僕は構わずひき戸をあけた。

「こんにちはー」

旧《ふる》い家に特有の、しずかな匂《にお》いのする玄関にはセザンヌの複製がかけられている。

「いらっしゃい」

亜紀がでてきて僕に抱きつき、

「ひさしぶり」

という声と共に笑子の夫が顔をだした。

「ヨルは寝室。閉じ込めておかないとちなみさんが困るからって、笑子ゆうべから閉じ込めちゃって」

ヨル、はかつての僕の猫で、現在はこの家の猫だ。

「動物を愛せないなんて、ちなみさんってかえすがえすも最低の女ね」

亜紀が言い、

「かえすがえすも、はおかしい」

と、笑子の夫が指摘した。この家のいつもの空気だ。

「笑子は？」

訊《き》きながら僕は靴を脱ぎ、ちなみがもうすこし眠っていてくれることを祈った。

「台所」

亜紀がこたえるのを背中で聞きながら、階段をのぼって寝室に行った。

「ヨルや、ヨル」

待ちきれずに甘い声で呼びかけてしまいながら。

十分後に階下に降りると、ちなみが庭に食器を運んでいた。一本だけある柳の木の下に、テーブルがしつらえられている。

「まさかとは思ったけど」

低い声でちなみは言った。

「まさかとは思ったけど、妻を置き去りにしたのね」

だってよく寝てたから、と口の中で言った。

「寝たふりに決まってるでしょ」

ちなみはさもばかにしたように眉《まゆ》を上げる。

「車の中に洋服ブラシがあるから猫の毛を落として来て」

「だましたのか？」

ちなみは僕をじっとみてにやりとする。

「ためしたのよ」

ちなみの弟と紺が到着し、亜紀が、

「郎！」

と呼んだ。

「ねえ音楽を選んで。官能的なやつがいいの、岸田先生んちのCDはむずかしいわ」

洋服ブラシが先よ、とちなみに言われ、僕は亜紀に声だけかけて、車に戻った。

住宅地の風はやわらかい。板塀に寄せて停めた車の中に、洋服ブラシとメモが置いてあった。

『サロンは七時までにしましょう。抜けだして、二人で夜桜でも見にいくのはどう？』

子供っぽい、大きな字でそう書いてあった。僕はため息をつく。そのため息は、でも半分幸福なため息だった。夜桜か。それもいいかもしれない。ちなみはいつもこんなふうに、強引に僕と向かい合おうとする。

部屋の中に戻ると、笑子がシャンペンを運んでくるところだった。

「うちの柳、きれいでしょ」

嬉《うれ》しそうに言う。

「占部くんの木って命名したの。なんとなく似てるでしょ」

僕はあっけにとられた。この家には他に、「紺くんの木」もあるのだ。それは武骨な感じの鉢植えで、いまもリヴィングに置かれている。

「でも、その名前について睦月は何て言ってるの？」

僕が訊くと笑子は穏やかに微笑《ほほえ》んで、

「いい名だねって」

と、こたえた。ものすごく誇らしそうに。

よく晴れた日だ。夕方になり、庭はきょうの最後の光に彩《いろど》られている。

「占部くん、またヴァイオリンを弾いてくれるんでしょう？」

笑子が言った。

「睦月はあなたのヴァイオリンがすごく好きなのよ」

理解できない、という顔で、ちなみは僕を見る。

シャンペンが配られ、僕たちはみんな庭にでた。黄色い小さな花が咲いている。

「あれはレンギョウだよ。花の名前もすこしは憶えておいた方がいい」

ちなみの弟が紺に教えている。乾杯をし、僕たちはそれぞれ泡立つ液体を啜った。

「だっだーん、だっだ、だっだーん、だっだ」

さみどりに揺れる柳の下で、すでに退屈しているらしい妻が、小声で歌っている。

奇妙な場所

邦枝と和子と美々子は、他人の目にはおそらくおなじくらい年をとった三人の女に見えるだろう。年齢は、邦枝が69、和子が52、美々子が50だった。若い頃からあまり化粧をしなかった邦枝は、化粧をせずとも白く丈夫な肌が自慢で、背が高く痩《や》せ型である上に姿勢がいいので、実年齢よりずっと若く見える。逆に和子はやや老《ふ》けて見えた。黒いオーバーコートに黒い手袋、黒いブーツ、という全身黒ずくめの恰好《かっこう》は、その方がすこし痩せて見えるかもしれないという浅はかな考えが殆《ほとん》ど癖になってのことだったが、功を奏していなかった。美々子はといえば、かつてスチュワーデスをしていたという経歴をしのばせる華やかな外見ではあるが、いかんせん化粧も服装も派手すぎて、やや妖怪じみており、年齢不詳だが若くないことはあきらかにわかった。そういうわけで、三人はおなじような年恰好に見えた。中年女性の中でも年上の部類、といったところだろう。

　三人が会うのはひさしぶりのことだった。待ち合わせは例年どおり、駅をでて右へ階段を下りた交番の前、だった。邦枝はバスで、和子は電車で、美々子はタクシーでそこにやってきた。曇った、寒い日の正午だった。

「いやんなっちゃうわね。雪が降りそうじゃないの」

　挨拶《あいさつ》がわりに、邦枝はそう言ってムートンコートの衿《えり》をかき合わせた。

　馴染《なじ》みのフランス料理屋で昼食をとる。一年に一度の、三人の約束事だ。民家を改造したこの小さな店に、かつては三人ともよく来たものだったが、料理人も従業員も、その頃とはすっかり変ってしまっている。

「えっ」

　最近耳の遠くなり始めた邦枝は、料理の説明をするウェイトレスの声が聞きとれず、二度訊《き》き返した。メニューは手元にあるのだし、形式的な説明など聞き流せばいいと考える人々もいるかもしれないが、この女たちは絶対にそれができない性質だった。

「いまこの人何て言ったの？」

　邦枝が訊き、

「ママ、そんな言い方しちゃ感じが悪いわ」

と和子がたしなめる。

「だって、説明がわからなくちゃ注文の仕様がないでしょう?」

そのとおりだわ、ときっぱり言うのは美々子で、美々子が説明をくり返す役をする。困るのは三人が揃《そろ》って笑い上戸である点で、いまのやりとりのあいだも、三人にとっては状況そのものが滑稽《こっけい》で可笑《おか》しく、揃ってくすくす笑っていた。

「だめよ、笑ったりしちゃ。どうして笑うの」

そう言いながら、和子も笑っている。

「いえね、あなたを笑ってる訳じゃないのよ」

邦枝がウェイトレスに言う。ウェイトレスにしてみれば当然訳がわからず、不機嫌に、ただ立っているよりないのだった。

「世間で中年女が嫌われるのも道理ね」

「ほんとにそうね」

なおも笑いながら、三人はしゃあしゃあと言うのだった。

食事をしながら彼女たちが話すことといえば、「パパが生きていたころ」のことと、「最近の奇妙なこと」の二つだ。パパとは二十年も前に他界した邦枝の夫であり、和子と美々子の父親である。奇妙なこと、とは世の中の人間のふるまいおよび言葉遣いで、三人はそれに多大な関心を持っている。傍観者としての関心だ。

「こないだK駅でね」

たとえば和子はそう報告する。

「女子学生が二人で階段を降りながら、『電車早く来ないかな』『あ、こっち方面来るっぺー』って言ってたの」

「来るっぺー？　それ方言なの？」

美々子が眉《まゆ》を持ち上げて訊いた。

「そう思うでしょ。それが違うのよ。『来るっぽい』っていうことなのよ、おそらくね、前後から考えると」

「へええ、驚くわね。最近はそんなふうに言うの？」

「あきれるわね」

「あきれるでしょ」

三人は口々に言う。そもそも彼女たちは世の中を「奇妙な場所」だと考えていた。しかもそれは年々奇妙になっていく。邦枝にとっては夫の死から始まったことだった。和子と美々子にとっては、いつからともなく始まったことだった。いずれにしても、三人にとって、世の中はもはや自分たちの理解のおよばないものに思える。和子は会社に勤めているし、美々子は自宅で英語教室をひらいている。和子には夫がいるし、美々子は独身だが男と一緒に暮らしている。しかし、それらは自分と世の中との距離を、広げこそすれ縮めてはくれない。

食事がすみ、和子と美々子が二人で会計をした。

「さて。用意はいい？」

邦枝が母親らしく先頭に立ち、店をでると三人は気をひきしめて、いよいよスーパーマーケットに乗り込む。

暮れの買物、というのがこの日の名目なのだ。三人は決して吝嗇《けち》ではなかったが、普段は節約を心掛けている。ただし一年に一度の、この日だけは例外なのだった。

かつてこの行事につきあわされた和子の夫は、三人の猛烈さに恐れをなして二度と参加しなくなった。そのとき夫が和子に言った言葉、「きみたちはまるでモンスターだ」──は、三人のあいだで未《いま》だに語り草になっているのだが、彼を責めることはできないだろう。

なにしろ三人は「お正月だと思うと気分が高揚し」「こせこせしたくないし」「しばらくお店が閉まっちゃうから何か足りないものがあると大変だし」「なんだか嬉《うれ》しくなっちゃって」「自分でも何をカートに入れたんだかわからなくなる」ほど買物をす

るのだ。しかもはしゃいでいてよく笑うので人目をひく。いちばんたくさん買うのは青物と果物だ。それは「豊かな気持ちになるから」だし「肉類はこの歳《とし》になるともうあまり食べたくないから」で、しかし「たんぱく質は大事だから」無論肉や魚も買う。「冷凍しておけるから」幾つも。パンと卵と牛乳は必需品だし、普段食べないチーズやチョコレートもふいに欲しくなる。きれいな柄の紙ナプキンも。一人が一つずつ押すカートはたちまち一杯になる。

毎年のことながら和子と美々子が驚くのは、混雑した店内での邦枝の瞠目《どうもく》すべき敏《びん》捷《しょう》さで、ほんの一瞬目を離すと、二人共母親を見失ってしまう。やがて戻って来る邦枝は、たとえば缶入りのキャンディを六つも持ち、これは買っておきなさい、と根拠のない自信にみちて言いながら、娘たちのカートに勝手にそれを放り込むのだ。和子と美々子は笑いだしてしまう。

そうかと思えば美々子が通路にしゃがみ込み、食器洗い洗剤の表示を熱心に読んで五分も動かなかったりする。その姿を見て、邦枝と和子はまた笑う。

そうやって、彼女たちは買物をする。二時間もかけて。賑《にぎ》やかに。ほとんど、力の限り。

おもてにでると、日はとっぷり暮れている。

「いやだ。暗くなっちゃったじゃないの」

邦枝が言い、約束があるかのように腕時計を見る。ずっと昔に、夫に贈られた腕時計を。

「ああ笑った。おもしろかった」

和子と美々子は口々に言い、「荷物が多くて他にどうしようもない」のでタクシー乗り場にならぶ。

「いい一日だったわね」

「いい一年だったわね」

「来年もまた、愉《たの》しく暮らしましょうね」

他人の目にはおそらくおなじくらい年をとって見える、モンスターじみた三人の女たちは、それぞれ別のタクシーに乗り、別の場所に帰っていく。山のような食料を抱えて。世の中というこの奇妙な場所で、新しい年をまた一年生きのびるために。

著者あとがき

なぜ物を書いているのか、と尋ねられたら、それ以外のことができなかったので、とこたえます。すこしですが、ためしてはみたのです。二十代前半のことです。そのあいだも、書いていました。

この本のなかの物語の多くは、そのころに書いたものです。

そのときどきの理由であちこちに書いたまま、散り〳〵になっていた小説を、一冊にまとめる機会を与えて下さった、新潮文庫編集部に感謝します。好きな小説ばかりではありませんが（三編は気に入っています）、どれにも私の指紋がついていることに、読み返してみて驚きました。指紋はこわいです。ほんとうに。

でも、こわいという感情が、私のこれまでの人生で、たぶんいちばん大きなエネルギーでした。もしこわがりでなかったら、私は全然ちがう人間になっていたと思う。

全然ちがう人間で、おそらく物を書くこともなかっただろうと思います。

私は、自分の小説の登場人物たちが、「その後もどこかで何とかやっている」と考えることが好きなのですが、ここにある九編のうち、「ケイトウの赤、やなぎの緑」は「きらきらひかる」という小説の、その後として書いたものです。「放物線」ははじめて文芸誌に載って嬉《うれ》しかった小説ですし、「ぬるい眠り」はたくさん絵のついた文芸ムックというものを初めて見たので、興味深かったことを憶《おぼ》えています。

一編ずつの原稿を、書かせて下さった編集者一人ずつに、感謝というよりひたすら恐縮しながら。

二〇〇七年一月、雨の土曜日に。

江國香織

初出一覧

「ラブ・ミー・テンダー」――「小説NON」'89年12月号※
「ぬるい眠り」――『アリスの国』河出書房新社'90年7月刊※
「放物線」――「すばる」'90年11月号※
「災難の顚末」――「海燕」'92年10月号
「とろとろ」――「野性時代」'93年11月号※
「夜と妻と洗剤」――「週刊新潮」'00年11月23日号※
「清水夫妻」――「BAILA」'01年10月号
「ケイトウの赤、やなぎの緑」――「江國香織ヴァラェティ」新潮社'02年3月刊
「奇妙な場所」――「朝日新聞」'03年1月1日

なお、※印の作品は、『江國香織とっておき作品集』（マガジンハウス'01年8月刊）に収録された。

ぬるい眠《ねむ》り

新潮文庫　え-10-13

平成十九年三月一日発行

著者　江《え》國《くに》香《か》織《おり》

発行者　佐藤隆信

発行所　株式会社　新潮社

郵便番号　一六二―八七一一
東京都新宿区矢来町七一
電話　編集部(〇三)三二六六―五四四〇
読者係(〇三)三二六六―五一一一
http://www.shinchosha.co.jp

価格はカバーに表示してあります。

乱丁・落丁本は、ご面倒ですが小社読者係宛ご送付ください。送料小社負担にてお取替えいたします。

印刷・二光印刷株式会社　製本・憲専堂製本株式会社

ISBN978-4-10-133923-8 C0193